「ほら、聞こえるであろう？　下僕の患者チンポが、啼いて喜んでいる音が……んしょ」
「はい、ユエル様。とても気持ちいいです……うぅっ」
レイジの腰が震える。それは快感もあるが、ユエルが一生懸命胸を動かしながら、様子を窺うような上目遣いをしてくるからだ。

「あああん！　あん、はあぁぁん！　す。すごっ……いい、お、オチンチン……私のオマンコ、押し広げて……奥まれぇええ、んあああっ！　あふ……ん、ああんっ！」
音を立てながら肉棒を咥え込んでいく熱い膣内。抽送の度に肉襞が竿へ絡みついていく。
「はぁ、あああん！　オチンチンが出たり入ったりしてますぅ！　んはあああんっ♪」

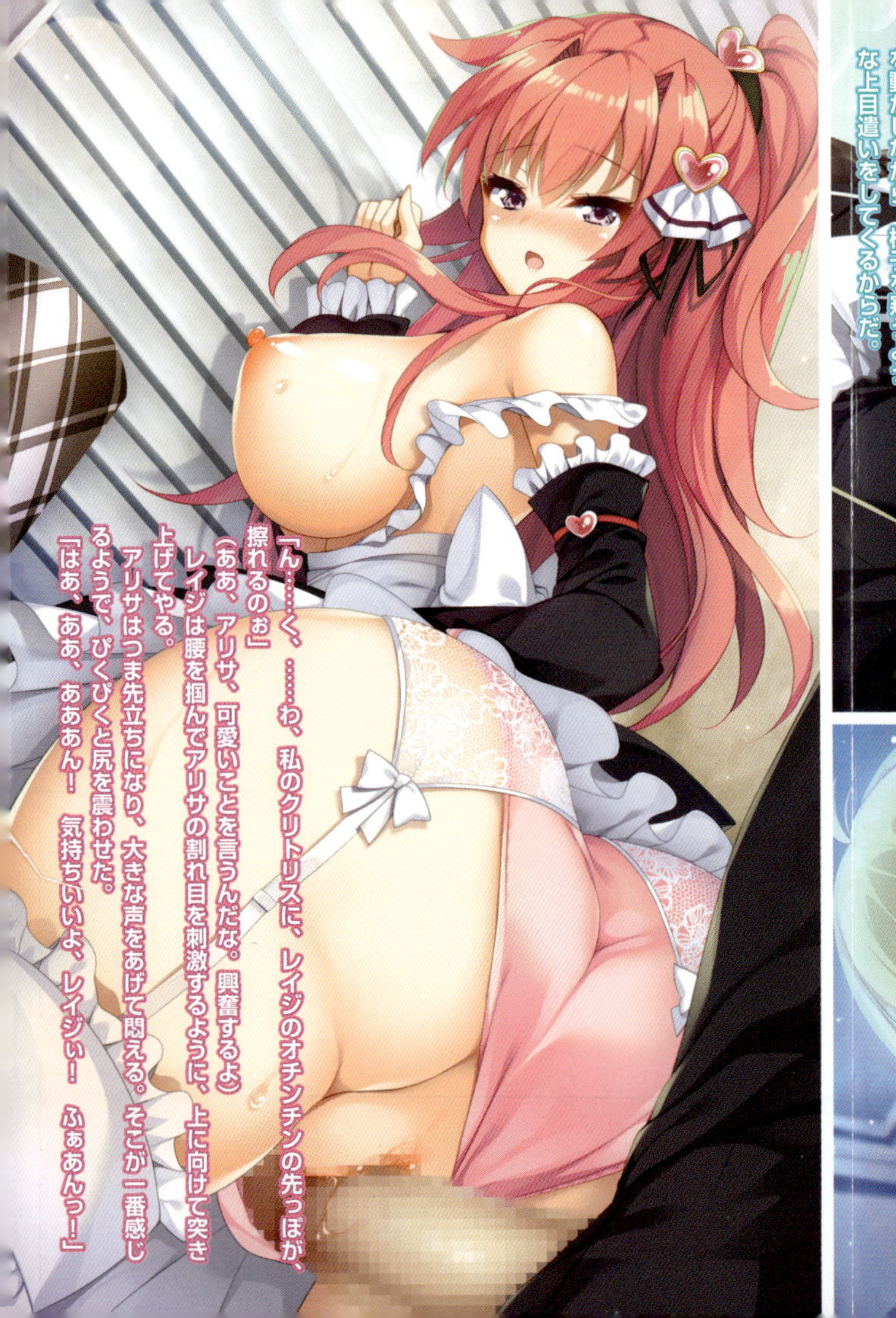
「ん……く、……わ、私のクリトリスに、レイジのオチンチンの先っぽが、擦れるのぉ」

（ああ、アリサ、可愛いことを言うんだな。興奮するよ）

レイジは腰を掴んでアリサの割れ目を刺激するように、上に向けて突き上げてやる。

アリサはつま先立ちになり、大きな声をあげて悶える。そこが一番感じるようで、ぴくぴくと尻を震わせた。

「はあ、ああ、あああん！　気持ちいいよ、レイジぃ！　ふぁあんっ！」

Paradigm
ぷちぱら文庫
メイドinウィッチライフ！
Maid in WitchLife !
〜館で始まるHな魅了性活〜
Author
望月JET
Original
Escu:de
Illust
一葉モカ / 鈴音れな / 梅鳥うりり / 蒼瀬 / 遊丸

アリサ・
フォーレルロッゾ
元気で明るい行動派な、館の給仕係。
元来備わっていた素質と、一番の努力家なこともあり、魔法の成績と技術はサマンサも認めるほど。
レイジとはまるで旧知の仲であるかのように、誰よりもストレートに好意をぶつけているが……？
バスト
大きい
レイジ・
ウルリック
『自身に声をかけた女性が不埒な目に遭う』という謎の呪いを引きずり続ける男性。
サマンサの館に連れてこられたことで呪いの存在を知り、その正体と原因を解明してもらうため館に滞在することを決める。

ユエル・
ユニエット
魅了魔法で世界征服を目論むも少々
頭の弱い、館の設備管理係。
覇王になるのが夢であり、レイジを
自分の下僕にしようと画策している。
おばけが大の苦手。
バスト
とても
大きい
マヌケ
ユエルがいつも背負っている、大きなネ
コ(?)型のぬいぐるみ。
他人に異議を申し立てる際の腹話術人形
にされており、都合の良いタイミングで
雑に扱われている。
リリアナ・
エチスン
穏やかな性格でお姉さんのような、
館の庭園管理係。
見習い魔女たちの中で一番のしっか
り者だが、個人的な魔法の研究では
失敗続きで、自分には魔法の才能が
ないのではと思い悩んでいる。
バスト
いい
おっぱい

サマンサ・
ミラー
「世界最強」を自称する白魔女。自身の館で見習い
メイドウィッチ三人の師匠をしている。
胡散臭く掴みどころがない性格だが、自身を頼って
くれる人間のために妥協は一切しない。
ニーナ・
ボストホーム
本人曰く「世界的に有名な黒魔法使い」で、黒魔法
を使って人助けをする旅をしている少女。
「打倒サマンサ」を掲げており、なぜか彼女を異様
に敵視している。
ゴルド
とある者の魔法で、人間とは別の姿に変えられてし
まった老人男性。
レイジの呪いが引き起こしたトラブルに巻き込まれ、
館に運ばれる。
齢 70 を超えていながら、料理の腕は超一流。

プロローグ 白魔女の館

　ガタゴトと荷馬車が揺れる。レイジ・ウルリックは揺れに任せて、外を見るともなしに眺めていた。街からずいぶん離れただろうか。荷馬車の中……そのまたさらに奥のほうにある檻から流れる景色が変わったことに気づいた。人工的な建物から、自然溢れる森の中に入ったようだ。揺れは激しくないので舗装された小道だ。

（小川の音がする。昔、この辺りで遊んでたんじゃないかな）

　そんなことを思いながらボンヤリとする。

「お若い人、大丈夫かい？」

　不意に声をかけられた。男の、年寄りのような落ち着いた声。レイジは振り向くが荷台の中が暗くて良く見えない。きっと、街で一緒に荷馬車に乗った人だと思う。

　もしかして、「俺」の「トラブル」に巻きこまれた人かも。そう思うと少し申し訳なくなった。

「はぁ、まぁ。あの、そちらは大丈夫でしたか？」

「なんの、ワシは無事じゃよ」

レイジは、良かったと胸をなで下ろした。

「これから向かう先で、どうなるかはわからんがな」

老人はそういうと静かにため息を吐いた。

これから行く先――――ここから先はおそらく滅多に人が通らない森の奥になる。その森には昔から白い魔女が住んでいると言われていた。

「幼い頃に聞いたことがあったな。白い魔女……」

「お若い人、そこに行くということは、やはり何か問題があるんじゃな」

「はぁ……問題あり過ぎて、自分ではもうどうすれば良いのやら皆目見当も付かなくて」

「ホホ、そうかそうか。大丈夫、白い魔女とやらは優しいらしいから」

優しいと言われてもピンと来ない。魔女と呼ばれている時点で「良くわからない恐ろしい人」というイメージしかない。

荷馬車は舗装されていない森の奥の道へと進んでいき、しばらく経ってから停まった。

馬車を引いていた男が荷台に乗り込む。

「さあ、ついたぞ」

二人がかりでレイジが入った鉄の檻を外へ下ろす。レイジは眩しさに顔をしかめた。

そこは大きな門と、立派な洋館へと続く庭園前だった。

「なんかイメージと違う……」

魔女の館というのだから、もっとおどろおどろしい雰囲気で、ゴボゴボ言ってそうな沼や、不気味に鳴く烏（からす）の群れなどがいるものだとばかり思っていたのだが。

「ほほほ、だから言ったじゃろう？　優しい魔女だって」

「そうですね、おじいさん。この建物からは怪しい雰囲気は……って、ゴリラぁ!?」

荷台から降りてきたのは、まごうことなきゴリラだ。シャツとズボンを穿いて二足歩行している。そして表情豊かに苦笑いをして見せた。

「良く仕込まれてるなぁ」

「違うよ、お若い人。見た目はゴリラじゃが人間だから」

「え、意味わかんない。着ぐるみ？　ゆるキャラ？」

「違う」

「ハッハーン、人間だと思い込むよう仕込まれたゴリ……」

「違う」

「魔法を掛けられたんだよ」

「ええっ？　それって誰得!?」

檻の中から声がしたほうに振り向くと、大きな帽子を被った女性が立っていた。恰好は……こぼれ落ちそうなほど大きな胸にうすい布が張り付いているような、頼りなくて身体のラインがハッキリとわかる服だった。表情は厳しく、でも優しく、良くわからないが苦薩と悪魔のような悟りきった美貌である。

何より「おっぱいでけえええええ⁉」である。

レイジはそう思った瞬間、焦った。

「そ、それ以上近づかないでくれ！　でないと……」

「大丈夫だよ。魔法使いは魔法をはね返す。もっとも私くらいのレベルじゃないと難しいがね」

「へ、魔法使い……？」

女性は気の強そうな表情を緩めて、可憐に笑った。

「世界最強の白魔女、サマンサ・ミラーだ。よろしく」

この人が……と思う。噂に名高い白魔女サマンサ。正直恐ろしいほど年の取った怖いお婆さんの姿かと思っていたレイジは安堵した。いくら「魔法」を掛けられた身でも、預けられる先が、今にも溶け出しそうなほど高齢のお婆さんでは楽しみがない。

サマンサは魔法局から受け取ったであろう書類に目を通した。

「ほうほう。こちらのゴリラはゴルドさんというのかね」

「はい。よろしくお願いします」

「ふむ、随分昔に魔法を掛けられたようだね。しかも咄嗟に……これは思っていたより簡単そうだ」

その言葉にレイジの表情が輝いた。さすが名の知れた白魔女だ、いとも簡単に魔法を解くことができるのだな、と一気にテンションが上がる。

「良かったですね、ゴリラさん！」

「ゴルドじゃよ、お若いの」

「それで？　俺は？　俺の、なんか変なのもすぐに……！」

「うーん、そうだな……なになに？　西の国から来たのか。おや？　でも出身地はこの国だね」

「あ、はぁ。いろいろあって各地を転々と」

「なるほど。その掛けられたもののおかげで居づらくなったのだな。ご両親も大変だっただろうね」

レイジは俯いた。全くその通りだからだ。

いつの頃からはハッキリと覚えていないが、レイジはいつの間にか魔法に掛かっていた。最初のほうこそ親は庇ってくれたが、年頃になるとそうも言っていられなくなった。レイジの魔法により被害が起きるたび、街に居られなくなるのだから。

レイジはそんな自分が嫌で、両親に迷惑をかけたくない気持ちから家出。各地を周りこの魔法を解いてくれる魔法使いを探す旅に出た。

そうして、ようやく最強の白魔女の噂を聞き付け辿り着いた場所は、なんと自分の生まれ故郷であった。

「街に着いたのが2時間ほど前。南商店通りにて声をかけてきた店の売り子に対して次々とスカートをめくった容疑……あははは、子供か君は」

「いや、それ俺じゃなくて……あの、信じられないかもですけど、勝手にめくれるんですよ！　スカートが、こう、ふわーって目の前で勝手に！」

「ホホ、見苦しい言い訳じゃないわゴリラ！」

「言い訳じゃない言い訳を」

「落ち着け、わかってるレイジ。君に掛かっている……呪いのせいだね」

「え……の、呪い？」

レイジは目を瞬かせた。今の今まで、自分には魔法が掛かっているのだと思っていたからだ。

自分に掛かった魔法、それはなぜだか声をかけてきた女性に対して、不埒な現象が起きてしまう、というものだった。現象には波があるのだが、軽いときだとスカートがめくれ上がる程度だが、酷いときはブラジャーのホックが勝手に外れたり、パンツがずり落ちたり着ている服が破れる、といったものだ。

しかもこれらすべて、あくまで「勝手に」である。レイジは一切手を出していない。

幼少の頃はそのせいで、学園中の女子から総スカンを食らっていた。

両親も謝り倒したが、あまりにも度重なるので「もう謝り疲れたよ」と浅い笑みを浮かべるだけになってしまった。

ちなみに、今回はスカートめくりで済んでいる。

ずっとスケベなことが起きる魔法だと思っていた。内心「ラッキー♪」と思ったこともなくはなかった。だが、今、魔法ではなく呪いと聞いて急に寒気がしてきた。

「魔法は魔法でも、君のは呪いだ。魔法局に捕まったときに検査を受けただろう」

魔法局で魔法の種類を調べた結果、レイジに掛けられた魔法はどの種類にも当てはまらなかった。

「つまり、これは呪いだ。君のはそう簡単には解けなさそうだ。で？　その騒ぎの最中に、路地にいたゴルドさんも一緒に捕まったのか」

「そのようです。まぁワシは魔法が解けても解けなくてもどちらでも……」

「ちょ、ちょっと待ってください！　俺の魔法……いや、呪いは解けないんですか？　ゴリラは解けるのに？」

「簡単ではないと言ってるんだ。ゴルドさんに掛けられた魔法は陳腐なものだ。でも君のは違う。君に掛けられた心当たりがあるなら別だがね」

レイジは項垂（うなだ）れた。幼い頃の記憶が一部抜け落ちている。おそらくその呪いに掛けられたときに喪失したものと思われるが、それすらもはっきりとはわからない。誰がいつ、なんのために自分にこんなことをしたのか全く思い出せないのだ。

「サマンサさん、この若いのを助けてあげられるのかね」

黙りこくったレイジを心配したのか、ゴルドが訊ねた。

「そうだな。やれることはすべてやるつもりだよ。何せ、各地で起こっている魔法による被害を、解明するのが私の仕事だからね」

「でも俺のは魔法じゃなくて呪いなんですよね？　なんで、そんなものが……」

（というか、また俺、放浪の旅に出ないといけないのか？　呪いなんて誰が解いてくれるんだろう。呪術者？　お祓いする、なんか祈祷師みたいな？　そんな人本当にいる？）

レイジの頭の中が不安でグルグルと回り出す。

「呪いも魔法の一種だよ。編み方が違うというか……まぁとにかく」

サマンサは檻をのぞき込んだ。一気にテンションが下がったレイジに微笑んでみせる。

「安心したまえ。呪いが解けるまで私が面倒を見るから」

「面倒って？」

「ここに住むのさ」

サマンサは、触れてもいないのに檻にかけられた錠前を外した。

「出てきたまえ、呪い持ち。私の三人の弟子を紹介しよう」

第一章 呪い持ちの憂鬱

サマンサに促され館の中に入ると、やはり怪しい雰囲気はなく、むしろ清潔で高級感漂うエントランスが現れた。

「ここで待っていてくれ。弟子を呼んでくる。ついでにゴルドさんを案内してくるから」

「はぁ」

「念のため、弟子たちにもガード魔法を掛けておくから、君の「呪い」の被害に遭う心配はない」

「わ、わかりました」

(ということは、弟子たちは女性なのか……)

レイジはやや緊張するが、サマンサの言葉を信用しようと思った。

一人になり改めて周囲を見回す。エントランスは大きなホールになっていて中央に階段、天井は吹き抜けになっていた。高そうな絵画や調度品がセンス良く配置されている。決して派手ではない。シンプルに良い物だけを飾っている。

「なんだか魔女じゃなくて貴族か芸術家の家みたい」

あちこち見て回る。広そうな館だが塵ひとつ落ちていない。今からやってくる三人の弟子とやらが手分けして掃除しているのだろうか。それにしたって大変そうだ。

「うん？」

今足下を何かがすり抜けた気がした。

「あれ……なんだろう？」

良く見ると階段や二階の廊下辺りにも何かがすり抜けている。レイジの膝下くらいの大きさのものがいくつも……。

「え、何？ なんだ？ 動物？」

そのとき、エントランスに向かって足音が聞こえてきた。レイジは慌てて元の位置に戻った。

「お待たせしました－……って、あれ？ あれれ？」

館のエントランスに現れた赤い髪の美少女は、不思議そうな顔をしてレイジを見つめた。

「レイジ……ウルリック？」

「はぁ」

(というか、この子が弟子なのか？ かなり……すごいおっぱいだ。師匠のサマンサに負けてない。うわ－顔もかわいい～……そしておっぱいでか－い)

不埒なことに、初対面だというのに赤髪娘の胸へ目がいってしまう。いつもならここで慌ててレイジが自分から離れるのだが、サマンサから「念のため弟子たちにもガードを掛けておいた」と聞いたので「呪い」の発動はなさそうである。

「うーん？　レイジ……レイジ、よね。あれ？　ってことは……でも……」

「あの、もしもし？　弟子の一人さん？」

「あ、ああ、うん！　私アリサ・フォーレルロッゾといいます。師匠……サマンサの館へようこそ！」

「はじめまして。レイジ・ウルリックです」

「はじめまして……か、うんうん」

「ん？」

「や、なんでもない。えぇーっと、師匠から聞いてるわ、なんでも呪いを掛けられているって。大変ね～」

アリサと名乗った赤い髪の弟子は気さくだった。レイジの「呪い」も発動されないようなので、安心する。

「あの、アリサ……さん。他にも弟子がいるって聞いたんだけど」

「敬語じゃなくて大丈夫だよ。これから一緒に暮らすんだし年も同じ……くらいでしょ？」

「そうかな？　じゃあええっと、よろしくアリサ」

「こちらこそ。他の弟子二人は……呼んだんだけど来ないわね。あはは、仕方ない……。館の中を案内していたらきっと出くわすわ」

アリサは女の子らしく、コロコロと表情が変えて賑やかに話す。こんなふうに「呪い」の心配をせずに女の子と至近距離で喋るのは何年ぶりだろうと、嬉しくなるレイジであった。

「じゃあ、師匠に言われた通りに館の中を案内するね。ついてきて」

「了解」

「まずは一階からね。エントランスを挟んで、こちらが食堂。こっちが……」

「わ？」

廊下の向こうから、何やら小さい物体がこちらに近づいてきた。マントを身に纏い目深にフードを被っていて表情はわからない。人型ではあるが、身長は成人男性の膝の位置くらいまでしかない。

「わわ、なんだあれ？　もしかしてさっき足の間をすり抜けて行った……え、まさか残りの弟子二人？」

「あはは、そんなわけないよ。あれは師匠の使い魔。館内にいっぱいいて、私たちの仕事を手伝ってくれるの」

「使い魔……魔法ってそんなこともできるのか」

使い魔と呼ばれた小さな「人」はレイジのすぐそばまで来ると、ペコリと会釈をして去って行った。

また、アリサが仕事と言ったので、館の綺麗さに納得できた。きっと隅々まで掃除もしているのだろう。

アリサはテキパキと館内の案内を続けた。

「食堂の奥が厨房ね。食事の時間以外でもお腹が空いたら来てね。何かしらあるから」

「おお……広くて使い勝手良さそう。調理も使い魔がしてるんだ？」

厨房内には五人ほど使い魔が走り回っていて、それぞれが台などに乗りながら調理をしている。

「師匠の指示でお手伝いしてくれてるのよ。で、私はここの責任者ってわけ」

「へえ？」

「私、館の給仕担当なの」

「魔法使いの弟子なのに、料理も？」

「そう。魔法の修行以外に、みんなそれぞれ仕事を持っているのよ。レイジも何か手伝ってもらうことになると思うわ」

「そうなんだ……って、ゴルドさんいるし」

「へ？　あ、ゴリラだ」

厨房には先ほど別れたゴルドがいて、何やら作っているのか鍋を掻き混ぜていた。

「おお、お若い人……レイジと、いったな」

「ここで何やってんの？」

「サマンサにここで働きなさいって言われたんじゃよ。ワシは、料理が得意じゃからな」

「そ、そうなんだ？」

「レイジ、喋るゴリラと知りあい？」

「いやあの」

アリサに、ゴルドとの出会いを簡単に説明して厨房を後にする。アリサはかわいらしく笑いながらレイジの話に聞き入った。

やがて美しい庭園が見える廊下に出た。掃き出し窓を開けて庭園に出ると、風に乗って瑞々（みずみず）しい花の香りが鼻腔をくすぐった。

「綺麗な庭だね。手入れもきちんとされている」

どこに目を向けても、色鮮やかな花々が光り輝いているようで、心の疲れが吹き飛んでいくようである。

「庭の管理は、弟子の一人の担当よ。使い魔たちも手伝っているけど、基本はその子が整備しているの」

「そうなのか。大したもんだ」

弟子なら魔法を使って花を咲かせたりできるのだろうか、などと思う。

二人は一度エントランスに戻り、階段で二階へ上がった。

ユエル、という名の弟子を紹介するという。

「どんな人なんだ？」

「歳は私と同じだから、緊張しなくて大丈夫だよ。性格は……直接話してもらうのが一番手っ取り早いかな……あはは」

口では説明できないような強烈な特徴でもあるのか、アリサは明後日のほうを見ながら誤魔化すように笑った。

「だ、大丈夫！　かわいい子だから、きっとレイジも気に入るはずよ！」

「人を女ったらしみたいに言うのはやめてくれ。まぁ、喋るゴリラや使い魔を見た今じゃ、多少のことでは驚かないよ」

「う〜ん、ユエルちゃんは驚かされるというよりかは……」

なんと説明したら良いのかと頭を抱えるアリサの後ろで、何かが動いた。また使い魔だろうか？　と思う。

だが、廊下の角から出てきたのは巨大なぬいぐるみだった。

「うおっ⁉　ぬ、ぬいぐるみ……？」

「ああ、マヌケ……」

「いきなり罵倒⁉」

確かに、ぬいぐるいに驚く俺の姿はマヌケだったかもしれないけれど！　と一瞬だけ落ち込む。

「え？　ああ、そうじゃなくて、そのぬいぐるみの名前がマヌケっていうの」

「マヌケ……って名前？」

「くっくっく……いやいや、実際にマヌケな姿であったとも」

マヌケと呼ばれたぬいぐるみが左右に振れ、その後ろから声が聞こえる。

「もうユエルちゃん、師匠から集合だって伝言もらったのに、どうして来なかったの？」

そんな光景は見慣れているのか、アリサがぬいぐるみに話しかける。

「我にそのような命令を聞く筋合いはない……未知の探求に忙しいのだ」

「探求って……黒魔術？　おかしな実験してたらまた師匠に怒られるよ？」

「ふ、ふん！　わた……我がそのようなことで探求を止めると思うな。サマンサなど恐

れるに足りん！」

「はぁ～……これから一緒に生活することになるレイジよ。しっかり挨拶してね」

「ほう、そうなのか。そういうことであれば我も自らの姿を晒さねば無礼というものだな」

　ぬいぐるみが一度隠れると、声の主がようやくその姿を現した。

「はじめましてだな、迷える旅人よ。我が名はユエル・ユニエット。いずれこの世界を統治する者だ」

「……………」

「どうした？　我の隠しきれぬ威圧感に、身がすくんで声も出せんか？」

「なるほど……。アリサが直接話すのが手っ取り早いって言った意味が良くわかったよ」

「でしょ？　説明しようにも、どう表せばいいのかわからないのよ」

ユエルと名乗った二人目の弟子は、アリサに引けを取らずかわいい女子だったが、どうやら癖が強いらしい。こういった変わり者は何度かお目に掛かったことはあるが、これだけのかわいい見かけなのに「黒魔術」だの「我」だの「世界統治」だの言われたら、残念で仕方がなくなってくる。

「今日からこの館で暮らすことになったレイジ・ウルリックだ。よろしくなユエル……でいいのかな？」

「本来なら気易く呼ぶことは許さないのだが……まぁ許そう。今後我の偉大さを実感すれば、自らユエル様と口にするようになるのだからな」

「そんな日、いつ来るのやら……」

アリサが呆れながらで言った。

「アリサ、そう言っていられるのも今の内だ。我が思い描く世界になったとき、後悔することになるぞ。我が目的は世界征服。すべての人間――あのサマンサですら、いずれ我が眼前にひれ伏すことになるのだ！」

（いやこの娘、無理）

波風立てないよう気を付けなければと思うが、速攻で挫折する自分がいる。

レイジがドン引きしていると、ユエルに指さされた。

「お前にその気があるのなら、今すぐにでも我が配下として受け入れてやろう！　さながら戦闘員一号といったところか」

「遠慮する。つか一号て。他は？」

「戦闘員はお前が初めてだが、紹介しよう……こいつは幹部一号、名はマヌケ」

先程のぬいぐるみを前に出すと、ニヤリと笑みを浮かべた。

「こやつはとても愛らしい部下だが、いつも肝心なところでヘマをする。だからマヌケだ」

「相変わらず意味がわからないわ……」

もうツッコむ気も湧かないのか、アリサはがっくりと肩を落としている。常識人に見えるアリサとは対照的に、ユエルはどこまでも独創的のようだ。

「いろいろコメントしづらいんだが、一口に魔女と言っても、性格はかなり違いがあるものなんだな」

「人間なんだから当然よ。ユエルちゃんは毎回世界征服なんて言ってるけど、具体的な方法とか考えてるのかどうかも怪しいの」

「だそうだが？」

「アリサは甘い……我が魔法があれば、世界征服なぞ容易いこと！」

全くめげないユエルであった。

「もうわかったから。挨拶は済んだし、私たちは案内を再開するわね」

「うむ、全く以て問題ない。レイジとやら、せいぜいこの館の広さに驚くんだな！」

アリサは「はいはい」と受け流しながら再びレイジと歩き出した。

「なんというか、癖が強い」

「あはは、基本いい子なんだよ。でも個性的っていうか」

「そうみたいだね。残る一人も個性的なのかな」

「ううん、ユエルちゃんほどじゃないわ。さっきの庭園の……」

「ああ、管理してる人だ」

「ええ。こっちよ」

二人はユエルがマヌケと一緒に顔を覗かせた廊下とは反対側に歩き、やがてアリサの足が止まった。

「ここが三人目の弟子、リリアナの部屋……ん？」

ドアをノックしようとしていたアリサの手が、ピタリと止まる。

「どうしたの？」

「離れて！」

突如アリサがレイジを突き飛ばし、そのまま一緒に床に倒れ込む。

次の瞬間、爆発音が廊下に響き渡り、部屋のドアが豪快に吹き飛んだ。

「うわぁっ!?　ええっ？　え、なになになに!?」

「危なかった～」

「な、何が起こったんだ？　部屋、爆発したけど？」

「そうだね。リリアナ、また失敗かな？」

「失敗？」

もうもうとピンク色の煙が上がる、爆発した部屋から人影が出てきた。

「けほっ、げほっ……うぅ、また失敗しちゃった……こほっ、こほっ……」

「リリアナ、大丈夫？」

「あ、アリサさん⁉　そちらこそ、ご無事ですか⁉」

「大丈夫よ、爆発寸前の沸騰音も、もう聞き慣れちゃったから」

「はぁ……良かったです。ごめんなさい、危険な目にあわせてしまって」

「リリアナこそ、ケガはない？　かなり派手な爆発だったけど……」

「なんとか……お恥ずかしい話、爆発するとわかった瞬間に、ベッドの陰に飛び込みましたから」

リリアナと呼ばれた大人しそうな娘が控えめに苦笑した。

「あら、そちらの方は？」

未だ尻もちをついたまま動かないでいたレイジに、リリアナが声をかけた。

「今日からここで暮らすことになった、レイジよ。師匠からの伝言、来てたでしょ？」

「そうなのですか？　あ……どうやら部屋の鍵を閉めていて、使い魔さんに気づいていいなかったみたいです……あはは、ごめんなさい」

「仕方ないわね。ほら、自己紹介して」

「改めまして、リリアナ・エチスンです。先程は危険な目にあわせてしまい、すみませんでした」

リリアナがぺこりと頭を下げた。同時にアリサと引けを取らない大きな胸がたぷん、と揺れる。

(さっきの変人ユエルも胸大きかったな。良かった……つくづくガードされていて本当に良かった。間近で見ても「呪い」が発動しない)

「レイジ？　立てないの？　どこかケガしちゃった？」

アリサの言葉に我に返り、慌てて立ち上がる。

「ゴホン、いや大丈夫。アリサが助けてくれたから、なんともないよ。俺はレイジ・ウルリック。これからよろしく」

「こちらこそよろしくお願いいたします」

礼儀正しく、どこかゆったりとした口調や仕草に、ユエルのような変人ではなさそうだと安堵する。

(爆発したけど……)

「そういえば、なんであんな爆発が……?」

「え……っと、それは……ですね」

口ごもるリリアナに、アリサがフォローを入れた。

「私たちの魔法に関わることよ。まぁその辺の事情は、おいおいわかってくると思うわ」

「へえ、君たちの魔法……か」

「じゃあ挨拶も済んだし、次行きましょうか。リリアナ、くれぐれも気を付けてね」

「はい」

リリアナと別れて、再び長い廊下を歩く。途中何度か使い魔たちも通り過ぎる。ランドリールームや納戸、何か会議でもするのか大きな広間。風呂場やトイレを紹介され、やがて二人は二階を一周して階段に近い部屋にたどり着いた。

「最後はここ。レイジの部屋よ」

「ありがとう。広くて迷うかと思ったけど大丈夫そうだ」

「入り組んだ作りじゃないからね。ちなみに、私の部屋はこっち」

「あ、うん」

「遊びに来ていいからね」

「お、おう？」

良くわからないアリサの笑顔の意図。誘っているのかと思う。

案内されている最中、気さくを通り越して馴れ馴れしいのも気になった。まるで昔からの知りあいのように。

「私は給仕、ユエルは館内の修繕、リリアナは中庭の手入れをそれぞれ任されているの。サマンサ師匠がレイジの呪いを調べる間、どれかを手伝ってもらうことになると思うから、よろしくね」

「こちらこそ」

「うふ♪　私のお手伝いはいつでもウェルカムだからね」

「う、うん」

「いつでもいいからね！　部屋もいつでも遊びに来ていいから！」

「わ、わかったよ、何？」

「んもー全然思い出してくれないんだからー」

「何が？　何か忘れてるっけ？　俺」

君とは初対面のはずだが？　と訝る。

「もういーわよ。それじゃゆっくり休んでね。あ、二時間半後に夕飯よ。みんな揃って食べるから」

「わかった」

アリサと別れ、レイジは案内された部屋に入った。

そこは、ベッドと机と本棚。そしてクローゼット。中は広くシンプルだが必要最低限のものはすでに用意されていた。

すると掃除をしてくれていたのか、ぞうきんを持った使い魔がいた。

「ありがとう……って、普通の言葉通じるのかな」

フードを被った小人がコクン、と頷く。通じているようだ。

窓を開けると午後の穏やかな風が部屋に入ってきた。ベッドに腰かける。魔法を解く魔女を探している最中、寝床といえば地面で野宿だった。ベッドの柔らかさに即、微睡んでしまう。

「あ……あのさ、俺を二時間後に起こすことって可能？」

コクン、と頷く。

「じゃあお願いします」

使い魔はもう一度頷くと部屋を出て行った。

「なんていうか……便利だ」

やがて、久しぶりのベッドで安堵と柔らかさに包まれながら、レイジは眠りについた。

使い魔はきちんと起こしに来てくれた。おかげで館に来て最初の食事は遅れずに済んだ。

食堂にはサマンサとユエル、リリアナが揃っていた。アリサは厨房にいるのだろう。

「部屋は気に入ったかい？」

サマンサの問いかけに頷く。

「それは良かった。好きに使ってくれたまえ。あ、私の部屋は断りなく勝手に入らないように。大変なことになるから」

「気を付けるけど……何かあるの？」

「魔法局や各地から寄せられた魔道具がある。知らずにうっかり触ったりしたら大事(おおごと)になりかねないからね」

魔道具と呼ばれるくらいだから、曰(いわ)く付きなのだろうが、どういったものがあるのか想像が付かない。

「例えば？」

「そうだな。夜な夜な鏡から出てきては人を脅かすヤツとか」

「何それ？」

「勝手に動くヤツとか」

「お化けとかそういう類のもの？」

「魔法が掛かったままだからな。お化けに限らず、妙な生き物や、生身の人間が閉じ込められている可能性も……」

「怖っ⁉」

するとリリアナが耳を塞ぎながら言った。

「も、もうサマンサ先生！　怖い話はやめてください～」

「はは、済まない」

アリサも厨房から料理を運びながら言う。

「また怖い話ですか、師匠？　夜中一人でトイレに行けなくなるからやめてくださいよ」

「わかった、もうしないよ」

怯える二人を尻目にユエルが笑った。

「ははは、アリサもリリアナも子供だな。魔法使いが魔道具を怖がってどうする。我はそんなものまったく怖くなんかないぞ」

　レイジが感心する。

「さすが黒魔術とかなんとか言うだけのことはあるなぁ。俺もちょっと怖かったんだけど」

「戦闘員一号、そんな腰抜けでは我の部下は務まらないぞ。お化けくらいなんだ」

「俺、戦闘員になったままだ……」

「まぁそういうわけだから、レイジ。私の部屋に来るときは必ずノックをするように」

「わかったよ、サマンサ」

　さすが魔女の館、きっと、見慣れない聴き慣れない妙な物で溢れているのだな、と思うレイジであった。

（あれ？　今のなんの音だ？）
　真夜中、何かの物音で目を覚ました。夢ではないような気がするので起き上がって耳を澄ませてみる。
「……何も聞こえないな」
　レイジは部屋の外に出てみたが、暗く静まり帰った廊下には物音ひとつしていない。窓の外も風が強いわけでもないのか、木々は揺れていない。

「夢……か」

部屋に戻ろうとして、尿意に気づいた。

「トイレに行ってから寝よ……うっ？」

廊下の隅に何か黒い物体を見付ける。それは微動だにせずうずくまっていた。

（え、何あれ？　サマンサの使い魔？　いや、それだったらもっと動くよな。え、え？怖いんですけど？　まさか泥棒？　さっきの物音はこいつか？）

レイジを唾を飲み込んだ。ただの泥棒ではないと思う。何せ、仮にも世界一の白魔女と謳われているサマンサの館に侵入しているのだ、相当な魔法使いだろう。

とてもではないが、ただの「呪い持ち」が適う相手ではない。だが見付けてしまった以上見過ごすわけにもいかない。

レイジは尿意を我慢しながら考えあぐねた。

（と、とりあえず、大声を出そう。アリサたちが起きるかも知れないけど、それなら尚のこと。魔法使いの弟子になんとかしてもらおう！）

レイジは威嚇のつもりで廊下に飾ってあった花瓶を手に持った。

そして……。

「こっ、ここっ、こらぁあぁ～～～～!!　捕まえちゃうぞおおおお！」

「ひいいいいいっ⁉」

なんとも間抜けな裏声とセリフが出てしまったが威嚇効果はあったようだ。相手も情けない悲鳴を上げて振り向いた。

ユエルだった。

「なっ⁉　ゆ、ユエル？　何やってんだ？」

「う、うううむ我だ、ユエルだ！　落ち着け、とにかく落ち着け！　何があったか知らぬが、我が悪かった！」

「お、おう？　……え？」

「とっ、とにかくその花瓶、振りかぶるのはやめろッ。下ろせッ！　殺気むんむんさせながらにじり寄ってくるな！」

レイジはハタと我に返り、大きく振りかぶっている花瓶を下ろした。

「す、すまん……泥棒かと思った」

「もも問題ない。ちょ、ちょっと出たが」

「え？　何が？」

「なんでもない！　我は漏らしてなんかない！　それより！」

「漏らしたのか？」

「漏らしてないと言っておる！　それより、物音！」

「あ、聞こえた？」

「ああ、トイレに行く途中突然大きな物音がして、それでここで……」

「動けなくなったのか。やっぱり、物音したよな？」

ユエルはコクンと頷いた。二人で廊下を見渡すが物音はしない。

「泥棒……じゃないのかな」

「ま、まさか貴様はお化けとかなんとかそういっためっちゃ怖いヤツの仕業とか言うんじゃないだろうな！」

「あ、うん」

「そんなわけねえだろ！」

「涙目で全力否定だな」

「わわわ、我は怖くないから大丈夫だ！」

「ユエルはそうなんだろうけど、俺は普通に怖い……」

そう言いかけたとき、館のどこからかか細い悲鳴のような声が聞こえた。

――ヒィイイイイイ……。

「っ⁉　なんだ今の声……って、うわ？」

ユエルが足下にしがみついてきた。

「あ、あれは間違いなく亡者どもの声だ……地獄の蓋が開いて、よみがえってきたに間違いないのだ！」

「マジかよ……つか、ユエルは魔女なんだろう？　何か、こう撃退的な魔法は使えないのか？　化け物をやっつけちゃうとか」

「そんな魔法使えたら、さっさとこの世にいる不要な者どもを消し去り、今頃我はのうのうと玉座に鎮座しておるわ！」

「うん、使えなくて良かった」

お化けなど、内心そんなバカなことがあるわけないと思っていても、ここは白魔女の館である。何が起こっても、何かがいてもおかしくはない。

だがレイジは、物音もか細い悲鳴のような声も恐ろしいが、尿意もそろそろ限界なことに気づく。トイレに行きたいが、ユエルを残していくのはどうかと考えていると……。

「戦闘員一号。とても重要で重大な相談事がある」

「なんだ？　ていうか、いつまで俺戦闘員一号なの？」

「ずっとだバカ者！」

「ええ～？」

「そ、それより、貴様もこんな時間、ココにいたということはト、トイレであろう？」

「ああ、そうだけど……」

「偶然だな、我もだ！　ということで、我にお供することを許す！」

「要はついてきてってこと？　ユエルは怖くないんじゃないの？」

「ううるさい！　いいからついてくるのだ！」

いろいろツッコミを入れたかったが、自分も限界である。レイジはユエルと一緒に廊下の角を曲がりトイレに向かった。その間、妙な物音や声は聞こえてこない。

いったいなんなんだろうと思うが、考えるとまた怖くなりそうなのでやめておく。

やがてトイレにたどり着いた。

「我が先におトイレするからな！　貴様は廊下で待っているが良い！」

「はいはい。廊下で待たせてもらうよ」

ユエルは勢い良くトイレに飛び込んでいった。途端、暗い廊下がより暗く感じる。

ユエルと言いあいながら怖さを紛らわせていたせいか、一人になると先ほどの恐怖が甦ってきた。レイジはモゾモゾしながら早く出てきてくれと願った。

「ユエル？　まだ？」

返事がない。

そもそも物音がしたのに、どうしてアリサもリリアナも起きてこないのか。もしかすると自分とユエルだけに聞こえる何かとか？

そこまで考えて後悔する。

（うわ、バカ俺。怖くなって来ちゃったじゃないか！）

ひしひしとわき上がってくる恐怖に、思わずレイジはトイレのドアに耳を押し付けてしまう。決して、ユエルの放尿音を聞こうとしているのではない。不謹慎なのは承知しているが、物音ひとつしない静寂に包まれると、何かしら聞きたくなってくるのは摂理である。

「ユエル？　中にいるよな？」

「いる」

ようやく聞こえた返事に安心する。

「トイレ、長くない？」

「じょ、女子のトイレというものは長いものなのだ！」

レイジは、そういうものなのかとブツブツ言う。――――ふと、微かな音に反応する。

「ヒィィィィィィィィィィィ……」

「――――ッ!!」

か細く、切羽詰まっているような悲痛な女の叫び声。声の主はアリサやリリアナ、サマンサではない。ではいったい誰なのか？　考えたくないのに、どんどん自分が恐怖するイメージを浮かべてしまう。悲痛な叫び声を上げながら館中を駆け回る化け物……本当に駆けてくる足音まで聞こえだした。

「違う違う、何も聞こえない。気のせい気のせい……！」

「ヒイイイイイ！」

「っ!?」

悲痛な声は、確実に近づいてきていた。

「ほ。本当に……お化けっ!?」

レイジは恐怖のあまり、じわじわと続いていた尿意も引っ込んでしまった。そして気づけばトイレのドアを開けて中に入っていた。

「えっ」

目の前に、ユエルの扇情的な姿があった。便座にちょこんと腰を落ち着け、パンツはしっかり下げられている。ちょうど、レイジの立つ位置から見えているユエルの股間——むっちりとした太もも、わずかに生まれた太ももの間のスペース。そしてそこから聞こえるちょろちょろと流れる放尿の音。

「な……に、やってるのだ、貴様は……？」

「え……っと、あの」

得体の知れない声が聞こえたから怖くて入ったんだ、と説明したいのだが、どうしても目はユエルのおしっこをしている姿に見入り、言葉が出てこない。

「でっ出てけ！　何やってるんだ、貴様、早く出ろ、バカ！」

ユエルが顔を真っ赤にして慌てふためく。そんなアタフタする姿もかわいく思ってしまう。

初対面のときから、変な名前のぬいぐるみを腹話術のようにして喋ったり、打倒サマンサや魔術で世界征服など、ややイタイ発言しか聞いていなかったので、ユエルが立派な胸を持つ女の子だということをしばし忘れていたようだ。

「早く出て行けと言っている！」

アワアワしながらもつづく放尿音。こんな状態でも出るんだな、とのんきなことを思って微笑ましくなる。

「聞いてるのか貴様ぁ！」

「あっご、ごめん！　でもあの、声が！」

「は？」

レイジが我に返り、説明をとしようとしたとき、今度は大きな声の悲鳴が聞こえてきた。

「ひあぁぁぁぁぁぁぁぁぁぁぁぁぁぁぁっ!!」

レイジとユエルがビクッと肩を竦ませて固まる。悲鳴はバタバタと駆けてくる音とともに、トイレの前を通り過ぎていった。

「……き、聞いた？」

「化け物や幽霊って……あんなに走るの、か？」

ユエルは無言で、今度は首を横にぶんぶんと振って否定した。

「わ、わからぬ……そ、そういうタイプの幽霊がいてもおかしくは、ないが……ふ、浮遊霊だろうか……」

「そうか、ユエルでもわからないのか……」

レイジはドアの外に耳を澄ましてみた。あの足音も、悲鳴も、もう聞こえてこない。

「とりあえず、行ったようだけど……」

「そ、そうか……一安心……な、わけないわ！　貴様、まだここにいるつもりか⁉」

女子が入っているトイレの個室にいる男子。どう優しく見積もっても今すぐ出て行かなければならないのは明白である。わかっている。だがまたあの悲鳴と足音が聞こえてきたら怖い。追いかけられそうで怖い。

「いやええっと、今出るのは怖いっていうか、無理っていうか無理」

「な、何が無理だ！　二回も言いよって！　我がトイレに入っておるというのに、なぜそんな堂々といられるのだ!?」

「怖いから！　後、ユエルのおしっこしている姿見て興奮してるからぁ！」

「この、変態ぃ！」

　レイジは、ユエルからフルスイングで平手打ちをくらった。勢い余ってトイレのドアごと倒れ込む。

「いっ……てっ！」

「痴れ者が！」

　ユエルは下着を元に戻すと、倒れたレイジを踏んづけながらトイレから出て行った。

「痛ぇ！　ちょ、待って。マジでまだなんか怖いのがいるかもしれないぞ？　ユエル！」

「貴様のアホさ加減を見ていたら怖い気持ちなど吹き飛んだわ！」

「ええ？　ま、待ってくれ、俺一人でトイレ？　待っててくれないの？」

　ユエルは抱っこしていたぬいぐるみのマヌケをレイジに向けた。

「一人で怖い思いして震えてろ、このドスケベ変態野郎！」

「うわ〜〜〜、そんなぁ」

　暗い廊下に、今度はレイジの悲痛な声が響いた。


　翌日早朝。

「私たち耳栓して寝てたから」

早朝怖くて寝付けなかったレイジが食堂に行くと、ユエルとリリアナがいた。やはり同じように怖くて早くに目が覚めたという。そこへ厨房から紅茶とティーカップを持って来たアリサがやって来た。

アリサとリリアナが起きなかったのは、サマンサから怖い話を聞いた後だったので、予め耳栓を着けて寝たかららしかった。だが、何か廊下が騒がしいことは知っていて、怖くて部屋から出られなかったという。

顔に暗い影を作りながらレイジは言った。

「そ、そうなんだ。まぁある意味出てこなくて良かったかもだけど……」

ユエルがニヤニヤしながら言った。

「レイジは我が部屋にも戻った後、漏らしたのだな」

リリアナが首を捻る。

「漏らした？」

「違う！　大丈夫、漏らしてない！　間一髪！」

ユエルが去った後、怖かったが尿意の限界に気づいたので慌ててトイレに入った。その後、何も聞かないように両耳を手で塞いで部屋まで戻ったのだった。

アリサが不安そうに言った。

「じゃあ物音がしたのも、悲鳴が聞こえたのも、本当の話なの？」

レイジとユエルが同時に頷いた。リリアナがブルッと身体を震わせる。

「こ、怖いんですけど。この館にやはり何か曰く付きの魔道具があるってことですよね」

アリサも不安げに言った。

「師匠の言ったことは冗談だと思っていたのに……」

そこへ欠伸を噛みしめながらサマンサがやってきた。

「おはよ～……今朝の朝ご飯は何かな？　まずは熱い紅茶が飲みたいねぇ」

のんき過ぎる寝起きにレイジが言う。

「サマンサ、昨日の夜、音がしただろう？　悲鳴も。聞こえなかったのか？」

「うん？　ああ、あれなら地下にいるよ」

サマンサの言葉に全員が固まった。

「いる……って？」

レイジの問いかけにサマンサが、ついてこいと皆に手招きをした。

食堂を出てエントランスに向かう。エントランスから地下に向かう階段はあるが、普段は扉が閉じられサマンサの許可がなければ降りることはできない。

サマンサは触れずに扉を開けると、薄暗い地下階段を下っていく。皆もおそるおそるそれに続いた。

「何度かここに侵入しようと試みたが、だめだったようだ。それで、私がわざと結界の一部を解いた。そいつはそこから体当たりして中に入ったのさ。おかげで窓ガラスが割れてすごい物音がしたわけだ」

地下室へ続くもうひとつの扉を開ける。すると。

「うえええええん、ここから出してよおおおお！　怖いってえええええ！」

女の声が聞こえてきた。だがそれは恐ろしい声ではなく、明らかに救いを求めている情けない泣き声だ。レイジたちが地下室に入ると、そこにはレイジが入れられていた檻があり、中に女の子が入っていた。

「ふぁっ⁉　な、なんだ、なんだゾロゾロと！　私は見世物じゃないわよ！」

レイジが尋ねた。

「この子、誰？」

「ニーナ。黒魔法使いだ」

黒魔法と聞いてユエルが檻のそばまで行った。

「そうなのか？」

「そ、そうよ、私は世界的に有名な黒魔法使い、ニーナよ。そこにいるサマンサは私のライバル！」

ニーナと名乗った女の子が胸を張って威張る。だがアリサが首をかしげた。

「師匠の元に来て一年以上経つけど、あなたの名前は知らないわ」

「なっ!?」

リリアナが続く。

「私もです。先生のライバル……聞いたことないですね」

「なっなな、ちょっと待て！　ほんとだって！　私はこの女の……！」

サマンサが苦笑しながらフォローを入れた。

「まー同じ魔法使い同士ということで顔や名前は知っている程度だ」

「そ、それだけじゃないでしょ？　2年に一度の魔女集会のときにお話もしたでしょ！　メール交換もしたじゃない！」

「そうだったかな？」

「忘れないでくれるぅ!?」

どうやらニーナは「自称、サマンサのライバル」のようだ。しかし黒魔法とは穏やかではない。レイジは素人ながらもふたつの区別はついている。白魔法は治癒や修繕、改善を目的とする魔術が多いが、黒魔法は反対で破壊や消失。人を貶めたり呪うことに使うことが多い。すべてがそうというわけではないし、黒魔法のほうが人の役に立つ場合もあるその逆も然りだ。

ちなみに「黒魔術」は黒魔法よりももっと邪悪で、それこそ悪魔召喚など非常に禍々しくタブー視されている魔法だと思っている。

レイジをはじめ魔法を使えない普通の人々は、ふたつの魔法を陰と陽だと思っている。先述のイメージはあるが使う用途によって善にも悪にもなるのだという認識だ。

だが今、黒魔法使いは館に無理矢理侵入して捕まっている。こうして話をしている間も魔法を使って檻を破壊し逃げるかもしれない。

レイジが後ずさった。

「黒魔法使いなのに、なんでみすみす捕まっているんだ？　逃げたりしないのか？」

すると、ニーナが乾いた笑いを漏らした。

「ふふふ、やってるわよ、捕まったときから魔法陣描いて呪文唱えて檻を破る魔法を使ってるわよ。でも無理ぃ！　びくともしないのこの檻ぃ！」

「そ……そっかぁ」

サマンサが何か逃げられない魔法でも使っているのだろうが、どうやらニーナはあまり魔力が高いほうではないようだ。だからサマンサは顔見知り程度で覚えていないのだ。

ユエルが「なんだ、我の役には立たんな」と呟いて檻から離れた。

アリサが訊ねた。

「それで、どうして館に侵入しようとしたの？」

「ここに私の仲間が捕まってるからよ！」

……仲間？　はて？　とアリサ、リリアナ、ユエルが一斉にレイジを見る。だがレイジは首を振り違うと否定。

「ゴルドさんだ」

サマンサの答えに「あ～～～～！」と一同納得した。喋るゴリラがニーナの仲間だったのだ。

「一緒に買い物に出たら、なんだかわからないけど商店街でトラブルがあったみたいで、それにゴルドが巻き込まれて魔法局に捕まっちゃって！　あちこち探したら、ここに連れて行かれたって聞いたから！」

「だから侵入したんだ……うん、そのトラブル、俺のせいだね」

「はあ⁉　あんた何したのよ？　ゴルドに何かしたの？　ゴルドを返して！」

矢継ぎ早にまくし立てるニーナをサマンサが宥めた。

「落ち着け。彼は無事だし檻にも入ってない。料理が好きだというから厨房に立たせているだけだ」

「料理……そう、彼の作る料理は世界一！　あんたたち、ゴルドの手料理はさぞかしおいしいでしょう？」

全員夕飯を思い出したのかほっこり笑顔で頷く。

「そういえば朝食まだだった」とレイジ。アリサが続く。「下ごしらえはできてるよ。後はゴルドさんがどう料理するか……ああ、お腹空いてきちゃった」リリアナ、ユエルも料理について話をし出す。

「うむ、いい加減紅茶が飲みたい。よし、そんなわけで朝ご飯にしよう」

サマンサの言葉に、みんな「おー！」と手を上げる後ろで、ニーナが慌てた。

「待って待って私忘れないでお願い！　つか、私だって彼の手料理食べたいんだからぁ！返してよ！　ここから出してよ！」

サマンサが「やれやれ」と苦笑した。

「ニーナ！」

「ゴルド！」

かくして喋るゴリラことゴルドとニーナは食堂で抱きあい再会したのだった。お互いの無事を喜びあう。

「それで、どうするんだ？　このまま二人を帰すのか？」

レイジの問いにサマンサが紅茶を飲みながら首を振る。

「どうしたものかね。ゴルドさんに掛かってる魔法はすぐに解けるんだが、本人がいやがっている」

「えっ？」

レイジとニーナが驚いた。ニーナが「どうして？」と尋ねる。

「ゴリラの姿のままのほうが便利なんじゃよ。人間に戻ればわしは70を過ぎた老人。非力でできることが限られてくる。じゃがゴリラのままなら若い頃のように動き回れる。力も出せる。だからこのままがいいんじゃよ」

「ゴルド……あなたがいいなら、それでいいわ。私はあなたがどんな姿になっていても大好きだから」

「ホホホ、ありがとうニーナ」

二人は再び抱擁しあう。レイジには、それは男女関係の恋愛などではなく、親子のような慈愛溢れる情で結ばれているように見えた。

「そういえば、ニーナとゴルドはどういう仲間なんだ？」

ニーナが答えた。

「魔法の依頼を聞きながら、世界各地を旅して回ってるわ。ゴルドは料理だけでなく、依頼人を私の元まで案内したりするわ。黒魔法だけど人の役に立つことはいっぱいあるんだから」

「へ～、そうなんだ」

二人の繋がりに納得である。そこへ厨房から朝食を運んできたアリサが尋ねた。

「師匠、ゴルドさんはゴリラのまま、外に帰すの？」

「そこが問題だ。魔法局に捕まった以上目は付けられる。いくら人畜無害の魔法に掛かっているとはいえ１００％安全だという保証もない。しばらくここで様子見だ」

「申し訳ないねぇ、サマンサさん」

「いやいや、おかげでこうしておいしい料理が食べられるんだ。問題ないよ。あるとすればニーナだ」

そばで聞いていたリリアナが言った。

「ゴルドさんがここにいるということは、当然ニーナさんも……」

「いる！　いていいならいるわ！」

「だそうだ」

サマンサの苦笑に、みんなもつられて笑った。ユエル以外は。

「黒魔法ならもっと精度を磨け、我のために！」

アリサが呆れる。

「はいはい、ユエルちゃんもニーナも座って食べよ。ゴルドさん、シューズパイが焼けたみたいよ」

「了解じゃ。すぐに切り分けるとしよう」

その後ニーナを含む全員が、ゴルドの料理を堪能したのだった。

「——で、俺の呪いはまだ解けない、と」

「そう簡単な話ではないと言ったはずだが？」

ゴルドとニーナの一件があった夜、レイジは自分に掛かった呪いもすぐに解けるのではないかとサマンサの部屋を尋ねた。

サマンサが言っていた通り、部屋には山のような書物と見たことがない形の魔道具に溢れていた。中にはどう見てもただの鍋や皿などの食器もあったが、立派な魔道具だという。

レイジはこわごわ部屋を進み、サマンサの元までやってきた。

そして、やはり「呪い」を解くのは容易ではなさそうだ。

「ゴリラはすぐなのに？」

「何度も言っているが、掛かっている魔法の種類が違う。そもそもゴルドのは誰が掛けたのかもわかっているが、君のはわからないままだろう」

「そうだけど……え？　ゴルドに魔法を掛けた人って、誰？」

「……ゴルドの亡くなった奥さんだ。本人から聞いた」

「ええ、奥さんが？　なんでまたゴリラなんかに」

サマンサは読んでいた書物を閉じながら言った。

「良くケンカをする夫婦だったそうだ。ある日また下らないことでケンカをしたらしい。そのときゴルドの奥さんが悪戯のつもりで、ゴリラになるよう魔法を掛けたんだそうだ。だが、なってみると案外良かったので解かずにそのままだったらしい」

「案外いいって、料理以外で？」

「そうだ。ゴリラ相手にケンカしても仕方がないって、ケンカが減ったそうだ」

レイジは笑い出した。

「それで、奥さんが病気で亡くなる前に彼女が魔法を解こうとしたんだが、ゴルドが止めたらしい。愛する人からのプレゼントだからって」

「何そのちょっといい話……」

「そうだね。いい話だね」

「それでそのまま……どこかでニーナと出会ったんだ」

「ああ。だから解く方法はただひとつ。ゴルド自身が人間に戻りたいと願えば戻れる。それだけだ」

「それだけで元の姿に？」

「そう、奥さんが掛けた魔法はとっくに解けているのさ。ゴルドが掛かっていると思い込んでいるだけなんだ」

「そんな、自分の思い込みだけでゴリラの姿のままになんか」

「なるんだよ、レイジ。わざわざ魔法使いに魔法を掛けてもらわなくても、人間は思い込み次第でね、魔法にも呪いにも掛かるんだ」

　サマンサが何か知っているふうに付け足す。

「魔法の力なんかなくても、掛けたり……ね」

「え……」

「君の場合は、掛けた相手も掛かったときの状況も、何も思い出せないのだから、こちらから探りようがない。だいたいのあたりを付けて調べてはいるが、それも正解かどうかはまだわからない」

「そ……そうか」

「仕方がない。厄介なのに掛かったと諦めて、気長に待ってくれという他ないな」

レイジはわかってはいるが、やはり落胆は大きかった。

「そうしょげるな。かわいい弟子たちに囲まれて楽しいだろう？」

「え……っと、まぁ若干一名を除いては、みんないい人ばかりだね」

「あはは、ユエルのことか」

レイジは曖昧に頷いた。

「あの娘はユニークだろう？　私もいつ倒されるのかとワクワクしているよ」

「完全に優位じゃないか」

「当たり前だ。伊達に世界最強を名乗ってない」

サマンサは自信ありげに言う。

「呪いが解ける間、彼女たちと楽しい一時を過ごしたまえ。ろくな青春時代じゃなかっただろうから」

「その通りです。じゃあそうさせてもらうよ」

「あ、くれぐれも」

「え？」

「君が本気なら一向に構わないが、そうでないなら無闇に傷付けたりしないように。彼女たちは純真無垢な乙女だ。くれぐれも問題を起こさないでくれたまえよ」

「……？　わかった？」

サマンサの言葉の真意は不明だが、レイジはとりあえず了解するのだった。

話の後、レイジは部屋に戻ってベッドに寝転がった。

どうあがいても、このまましばらくここにいるしかなさそうである。

「稀代の魔法使いでも難題なんだな……」

（本当に、どうして自分に呪いなんかが掛かっているのだろう。記憶がない幼い頃と関係があるはずなんだけど）

レイジはこれまで何度も思い出そうと試みるが、いずれも失敗している。覚えているのは小川が流れる森のような場所だけ。だがそれもすぐに濃い霧のようなものがかかって、その先に行けない、という感じになる。その風景も果たして記憶を失う直前のものなのか、何の関係もないただの記憶なのかも不明だ。

そのとき、不意にドアがノックされた。

「大丈夫？」

やってきたのはアリサだった。サマンサの部屋に向かったのを見たという。

「それで、呪いに関して何かわかった？」

「まだ何も」

やや投げやりに気味に言ったせいか、アリサが心配そうに見る。それに気づいたレイジは努めて明るく言った。

「まぁサマンサですらすぐに解けないなら、他を当たっても同じだろう。もっと時間がかかるかもしれない。だからまぁ気にしつつ、気にしないようここでお世話になるよ」

「うん、そうだね。私にも何か手伝えることがあったら言ってね。一人で悩まないでね」

「ありがとう。アリサは優しいなぁ。この館にアリサがいてくれて本当に良かったよ」

「そ、そんなこと……」

冗談めかして大げさに言ったのだが、アリサは本気にしたのか顔が赤くなった。

――ドンッ。

急にアリサが身体をぶつけてきた。軽くだったが唐突だったのでレイジの身体はベッドに倒れてしまった。アリサの謎の行動にその体勢のまま驚く。

（え、何……？）

言葉に出して言おうとしてなぜかできない。

（あれ⁉ 俺、口が……言葉が出ない？ なんで⁉）

それどころか身体の言うこともきかない。仰向けに寝転んだまま、ただ目だけが自由に動く。そこへ、アリサが覆い被さるようにしてきた。

「ごめん、我慢できなくてちょっとだけ魔法使っちゃった」

（は⁉ 魔法？ これ……言葉が出なかったり身体が動かなくなるのが、アリサの魔法なのか？）

「大丈夫だよ」

（……え、今の何？　俺の口が勝手に動いて勝手に喋った？）

「うん、そうだよね。レイジはいつもそうだったよね。優しくて私が何しても許してくれたよね。ふふふ」

（待て、なんの話？　そしてなんで勝手に意図してない言葉が出てるんだ、俺？）

「レイジ……何も言わないでね。魔法の言葉だから。それだとありがたくないから」

（何が？　何が？？　ちょっ……）

アリサの顔が近づき、レイジの唇に自分の唇を重ねた。

（っ⁉）

「ん……ちゅ……ちゅっ、ちゅぷ……ん……はぁ」

（な……なんで、俺、アリサにキス……されてるんだ？）

アリサの柔らかい唇の感触に、つい夢中になってもっと味わいたくなったが、なんとか頭をフル回転させて冷静さを保つ。

動かない身体と出ない言葉。出たとしても自分の意識とは全く関係ない言葉を喋る。

（これがアリサの魔法なのか？）

「ん～……ぺろ、くちゅ。ちゅぷ」

レイジの唇を舐り、嬉しそうにキスを続ける。それについ応えるようにアリサの唇を啄んでしまう。

「ん、ちゅ、ちゅぶちゅぷ……」

キスするたびに水音が響く。

（何やってるんだ、俺？　でもアリサの唇、おいしい……）

拒むことができるのに、魔法のせいで身体が言うことをきかない。このままキスを続けるしかない。

「ん、んん……はぁっ……んふ♪　やっとキスできた」

アリサはそう言うとようやく唇を離した。

「どっ……どういうつもりだよ？」

ようやく言葉が出た。身体の自由もきく。

「どういうって、もう魔法は解けてるよ？　でもレイジは私とキスを続けたんだから……恋人同士ってことだよね！」

「……………ええっ⁉」

「えへへ。じゃあね、お休み～～～♪」

「いや、ちょっ……魔法解けてたの⁉　いつから？　説明してくれないか？」

「ん、もう、せっかく恋人同士になったんだから野暮なことは言わないで、レイジ」

「ええ？」

「えいっ」

アリサのかわいいかけ声とともに、急にレイジのまぶたが重くなった。睡魔が襲ってくる。

「なっ……⁉ なんだ、これ。めっちゃ眠い」

「うん、今日は疲れたでしょ？ ぐっすり眠ってね」

「これも魔法？ 待ってくれ、まだ話が終わって……」

「お休み、大好きなレイジ」

「まって……まっ……フンゴロゲー」

レイジはあっという間に深い眠りについてしまった。アリサは眠ったレイジに布団をかけると、嬉しそうに部屋を後にした。

その様子を廊下に隠れていた人物が見ていた。

ユエルである。

（はぅぁぁ……あいつら、一体何をしているんだ……！）

レイジを我が勢力に加えんと勧誘にやって来たのだが、部屋には先客であるアリサがいた。いや、アリサがいただけならなんということはなかったが、あろうことかそのアリサがレイジをベッドに押し倒し、身体を密着させながら妖しげな雰囲気を溢れさせていたのだ。

（あの行動に、どんな意味が……？ ま、まさか、何かの契約か⁉）

少し開いたドアの隙間から見えている限定的な光景とはいえ、それが普通のものではないということは容易に察しがつく。

（あの行動は、接吻というやつか……？　はっ、そういえば！）

レイジに読ませようと持ってきた、黒魔術について書かれた本——その中に、似たようなことが記してあったことを思い出す。

（あった……これだ、間違いない！）

本によると、互いの身体を密着させることで、強い契約関係を築くことができるのだと書かれている。

おそらくあの接吻も、その効果をさらに強めようと考えての行為なのだろう。

（アリサめ……いつも私の計画に興味のないような態度を取っておきながら、裏ではこうして地盤を固めていたとでもいうのか！）

油断できない女だ。今この場を目撃していなければ、あやうく道化を演じたまま知らぬうちに敗北していたところだったと思う。

やがて部屋から出て来たアリサにバレないよう、急いで廊下の曲がり角に隠れる。

アリサの満足げな様子……やはりあれは偶然などではないようだ、とユエルは確信する。

「アリサめ……こうなれば、こちらも動くしかないようだな……！」

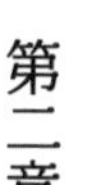

第二章 呪い持ちと世界征服狂想曲

外は晴れているが、なんとなく憂鬱な朝。昨夜のアリサの行動が不可解だったので眠れずにいたのだ。

（キスしたんだよなぁ）

何か大きな勘違いを残したままアリサは去っていった。レイジが睡魔に襲われる魔法を掛けて。

（何か勘違いされるようなこと、言ったっけ？）

朝食の席でもアリサはレイジに好意全開で話しかけてきた。なんとか冷静に対応できたが……。

（誤解をしているなら早く解かなければ……でもなんて言って切り出そう？）

サマンサの「彼女たちは純粋無垢な乙女だから傷付けるな」という言葉に、下手なことはできないと感じる。

レイジはブツブツ言いながら自分の部屋に戻って来た。ドアを開けて足が止まる。

部屋がサバト会場になっていた。

「…………は？」

部屋のカーテンは閉じられ、照明はロウソクの明かりだけ。床には白いチョークか何かで描かれた魔法陣。まるで儀式の部屋と化した光景に、何度も瞬きを繰り返す。

「くっくっく、待っていたぞ我が配下よ！」

ユエルが床に魔法陣の続きを描きながら言った。

「何やってんの？」

「今から召喚術式を執り行うから、その準備だ」

「召喚術式？ 俺はてっきり、噂に聞く魔女集会の会場にでも迷い込んだのかと思ったぞ」

「くくっ、いい勘をしている。その認識で大差ない」

「いやいやいや？ 困るんだけど……いったい何をやらかそうっていうんだ？ 知ってはいると思うが、俺に魔法は使えないし、その手の知識もないぞ？」

「もちろん承知している。しかし、この儀式は貴様がいないと成立しないのだ……協力してもらうぞ？」

「悪巧みなら手は貸さないぞ？ もちろん危険なことにもだ」

「悪巧みなものか……何せ、我の世界征服計画の土台を作る、名誉ある儀式なのだからな！

あ、待て！ どこに行く？」

「他の部屋で休む」

「待て！　話は最後まで聞け！」

アタフタと慌てながら去ろうとするレイジの前に立った。

「世界征服の土台って……危険じゃないのか？」

「心配はいらぬ。この我が長い期間をかけ、研究に研究を重ねて辿り着いた魔法だ。実践は初めてだが。後少しで魔法陣ができあがる。待っておれ」

「はぁ～……」

レイジは、この調子では止めても聞かないだろうと諦める。

「うむ、できた！　これで悪魔を召喚できるぞ！　では早速」

「悪魔？　本気でそんなこと言って……」

「レイジ、我の目を見るのだ」

「は？　目？」

レイジはユエルと目が合った瞬間、まるで縄に縛られたのかと錯覚するほどに、思うように身体が動かなくなる。

「なっ……こっ、まさか魔法か⁉」

「くくっ、この距離でもこれくらいの効力は発揮できるということだ」

「距離？　効力？」

「アリサから聞いているのかと思ったが、そうではなかったか」

レイジは手足を動かそうと力んでみるが、ピクリとも拘束が緩む気配はない。アリサのときと同じである。

(いったいなんなんだ？　この魔法)

動けないまま直立しているのを見物するかのように、ユエルがゆっくりと近づいてきた。

「まぁどちらでも構わぬ。これでレイジは我の言う通りにしか動けぬはずだからな」

「いや、ちょ……困るんだけど？　こんなんで悪魔召喚なんかできるの？」

「できる。悪魔を召喚しその軍勢を従え、この世界を征服する……それこそが我が計画。そのために必要な供物を、貴様に提供してもらうぞ」

「え、え？」

ユエルはそう言うと、レイジの首に両手を回して引きよせ、飛びつくようにキスをした。

アリサのキスとは違う、子供が主張を行動で表わしているかのような、やけくそとも言い表せるキスである。

ガツッと音がして前歯同士がぶつかった。

「いったあ!?」

ユエルは目尻に涙を浮かべ、口元をおさえてうずくまってしまった。

「お、俺も痛かったんだけど？」

アリサ同様、ユエルも一体何を考えているのか分らないと思っていたが、実はかなりポンコツなんじゃないかと結論付けたくなってくる。

「あの、そろそろ俺を解放してくれないかな」

「う、うるさいっ……！　こんなはずはっ……！　こんな、情けない……アリサに先を越されるわけには、いかないっ……！」

「アリサ？　あいつが何か絡んでるのか？」

「そう……アリサが真っ先にレイジと契約を図り、私を欺こうとしたから……！」

「へ？」

「キスしていただろう、昨日」

昨夜、レイジを押し倒しキスをしたアリサのことを言っているようだ。見られていたのか、とレイジは思う。

「いや、あれは契約云々とかじゃなくて……」

「しかし、これで私も契約ができたはずだ！　さぁ、悪魔召喚の儀式を行うぞ！」

ユエルは仕切り直しだと言わんばかりに勢い良く立ち上がり、ゆっくりと右手を頭のほうへ上げていく。

「見せてやる……いずれこの世界を統べる我の、奥義たるこの力を！」

言いきると同時にポーズを決めると、ユエルの右目が光を放った。

「うぁっ、なんだ!?」

　両手が動かないため遮ることができず、まともにユエルの光る目を見てしまう。

「さぁ、必要な準備は整った。これで貴様は、我の思うままだ！　捧げてもらうぞ、貴様の精液なるものをな！」

（……は？　今なんて言った？　精液？　まさか、うら若い乙女が精液など言うわけ）

「早く精液を出すのだ！」

（言ってる……しかも出せとか……）

　レイジは呆れて、下品な言葉を止めようとしたが声が出ないことに気づいた。その代わり、またしても自分の意思とは関係なく自分がしゃべり出した。

「……はい」

（え？　いや、はいじゃなくて、俺？）

「オレは……精液を出します」

（出さないよ！　ていうか勝手に喋るな！　これってアリサのときと同じじゃないか!?　これが、アリサたちが持つ魔法なのか？）

「さて、では男性器を出してもらおうか。安心しろ、扱いに関しては事前に勉強をしておいた。さあ、魔法陣の前に立ち、男性器を出すのだ！」

「……はい」

（はいじゃないって、だから！　うっ？　か、身体が勝手に動いてっ……!?）

レイジの身体がまるで糸に操られる人形のように勝手に動き出す。

「抵抗しようとしても無駄だ。今の貴様は視界を共有しているだけに過ぎないのだ」

どうやらユエルやアリサの魔法は、身体を操り、自分に都合良い反応を示すことができるようだ。レイジが焦る。このままでは本当に性器をさらけ出してしまう。なんとかもがくが、びくともしない。

やがて魔法陣の中に入ったレイジは、勝手にズボンを下ろし始めた。

(ちょっと待ってってマジで！　というか、これのどこが純真無垢な乙女なんだよ？)

願い空しくストン、とズボンと下着が足下に落ちた。丸出しの性器が外気に触れる。

(うわあああ！)

さぞかしユエルは満足げに見ているのだろうと思って目だけ動かすと、顔を真っ赤にしながら性器をのぞき込んだ。

「ほ、ほぉ……これが男性器か。実際に見ると、意外と生々しいものなのだな……」

(え？　あれ？　もしかして見るの、初めて？　いや、それはそれで困る！)

「えぇっと、確か本には男性器に刺激を与えると快楽になり、それで精液なるものを出すと書いてあったな」

先程からの言動でレイジは察しはついていたが、どうやらユエルの性知識はほとんどないようだ。

「ふぅむ、刺激か……刺激……」

「はい。効率良く精液を出すには、性的興奮や的確な刺激によって勃起をさせるのが一番だと打診いたします」

「よ、良くわからんが、なるほど……さすがは我が配下。詳しいではないか！」

「ありがとうございます」

「で、では早速やってみるとしよう。えっと……さ、触るぞ……？」

「ユエル様自らやってくださるのですか？」

「当然だ！　そうしなければ、召喚に成功したとしても悪魔が我の配下にならない可能性があるだろう！　いずれ世界を統べる者として、この程度のことを恐れていられるか！」

レイジは、やはり怖いのか……と内心安堵する。精液を出せなどと過激なことを言っているが、実際は見るのも触るのも初めてなのだ。ユエルが普通の女子で良かったと思う。

「見ていろ、すぐに精液を出させてやる」

（うおっ……！）

ユエルは、両手でがっちりと男性器を握り、手触りを確かめるように触り始めた。たどたどしい手つきと、虚勢を張りながらも警戒心を露わにしているその光景は、どうにもおかしく見えてしまう。

「むぅ……これでいいのか？」

「はい。その調子で続けてください」

「そ、そうか、よし……うぅん、徐々に固くなってきたな……それに、すごく熱い……」

「それが興奮してきた証拠です。さすがはユエル様、初めてとは思えません」

「そ、そうか……？　あ、当たり前だ、この我だからな！」

「そ、そうです。強く握ったり、優しく撫でたり、抑揚を付けることが大切です……」

操られていても感覚は共通しているようだ。レイジが喉を鳴らす。

ユエルの小さくも温かい手がペニスの表面を撫で、顔を寄せているために吐息が掛かり、ビクビクと反応を示す。

「おぉ、もうカチカチだ……こんなに張って、痛くないのか？」

「むしろ、ユエル様に触れていただけたことに歓喜しているのです。けっして痛くなどはありません」

「そ、そうなのか。……ムム、言うまでもないが、今回の目的は悪魔の召喚であり、そのために貴様の精液が必要なのだ。そのための行為だということを忘れるなよ？」

「はい」

「悪魔召喚に必要不可欠な触媒……若い男の精液は、魔力が過分に詰まっていると書いてあった。本の情報に間違いがないのであれば」

「召喚成功の暁には、それだけ強力な悪魔を使役することができるというわけですね」

「そういうことだ。ふふ、そのときが楽しみだ。今後のことも考えて、しっかりとコツを掴まねばな……それにしても、力の入れ具合や撫でる箇所によってさまざまな反応を見せるものなのだな」

「えぇ……慣れてくれれば、男性が抵抗する暇もなく骨抜きにできるとか」

「それは本当か！　まるで魔法のようだな」

(それ魔法使いの台詞じゃない……)

呆れるが、性器からの快楽はじわじわと上り詰めていた。

「だんだん慣れてきましたね。それでは、優しく上下に擦ってみてください」

「擦る？　ええっと、こ、こうか……？」

怒張しきった男性器を両手で包み、ゆっくりと擦り始める。ぎこちない手つきも刺激になっていく。魔法を掛けられたまま弄られて腹が立つが、だんだんとどうでも良くなってきた。

(く、くそ……気持ちいい……！)

亀頭を握られたり竿を懸命に擦られる。ユエルはコツを掴んだのかカリ首をぐりぐりと擦り竿を上下に扱いてきた。

「おぉ……？　男性器の先から、何やら液体が出てきたぞ？　これが精液なのか？」

「いえ、それは先走り汁というもので、男性が精液よりも前に分泌するものです」

「ふむ、つまりこれが出てきたということは、精液を出すのは近いということだな？」

「その通りです。オレのほうも、段々と快楽を感じ取れるようになってきています……」

「よしよし、順調ではないか。こうすると気持ちがいいのか？　ふむ、コツを掴んでくると、こうしているのも中々楽しいものだな」

ただ擦るのではなく、リズムの強弱を付けることで射精欲をうまく引き出そうとしている。ビクビクと反応を見せるペニスの動きを煽るように、ユエルはぺろりと唇を舐める。

熱い吐息が亀頭に触れた。

（あ、くそ……俺、溜まっていたのかな。そろそろ限界だ）

「固くなった姿は少々グロテスクに見えるが、こうやって手懐けてしまえば、素直に反応を示すではないか。さぁ、さっさと出してしまえ。この我が直接手を貸しているのだから、たっぷりと魔力の詰まった精液を吐き出すがいい！」

「うぅっ、あぁ……ユエル様、そんな……いきなり、強くされてはっ……！」

「くくっ、どうだ？　出してしまいそうか？　ん？」

「え、えぇ……もう出て、しまいそうです」

「そうか。ついにこのときが来た……必ずやアリサよりも先に配下を揃え、……世界征服を成し遂げてやるぞ……」

歓喜のときを待ちきれないのか、ユエルは手の動きをいっそう激しくする。ユエルの手淫によって誘い出されてきた精液は、今にも爆発しそうなほどに張りつめた肉棒をじわじわと昇ってきた。

「あぁっ、出ます！　そこから離れて！」

「へ？」

（ううっ、出る……！）

ドビュッ、ドビュルルルッ――

「きゃあっ！　きゃっ、な、なんだ、これはっ！　うわっ、ああっ！」

鈴口から勢い良く精液が出た。その瞬間を待ちわびて近づいていたユエルの顔に飛び、汚していく。

「うぷっ、うあぁ……うぅ、やぁっ……！」

ビュクビュクビュク……！

「やっまだ熱いの、出るっん、く、口の中に……んんっ！」

（うあ、ああっ、と、止まらない、ごめん、ユエル……くぅ……！）

白濁液はユエルの顔や髪に降りかかって汚し、やがて止まった。

ユエルは精液を浴びたまま呆然となっていた。

「な、なんだのだこれは……何をしたのだ……！」

「申し訳ありませんユエル様。まさかここまで勢い良く出てしまうとは思ってもみませんでしたので」

「うぅ、ベタベタする。なんて臭いだ。まさか、これが精液だというのではないだろうな？」

「おっしゃる通り、それが精液です」

ユエルが固まった。

「こ、これが……精液？　本当に、こんなものに魔力が？　でも、我にかけては意味がないだろう！　何をやっているんだ、この愚か者！　役立たず！　マヌケ！」

顔や髪を精液で汚したまま、ユエルはポカポカとパンチを繰り出してくる。

「いや、出るって言ったのにどかなかったのはお前だ——あ、あれ、戻った？」

これまで頭の中で思い浮かべるだけで終わっていた言葉が、声として聞こえる。ユエルが解いたのか、それとも解けたのか。

どちらにせよ、レイジは元に戻ったのだった。

「そ、そうだ！　あ、悪魔の召喚は!?」

髪に付着した精液を拭き取りながら、ユエルが魔法陣に振り向くが、魔法陣は静まりかえっている。特に何も変化も見られない。

「くっ、やはり、きちんと触媒として正式に捧げなければダメだということか！」

「そんなことよりお前、俺に何をしたんだ？　ここまでやっといて、まさか説明がないってことはないよな？」

　昨日のアリサが同じ魔法を使った可能性がある以上、情報を得ておかなければ、今日の二の舞になりかねない。呪いが解けていない上に、勝手に魔法を掛けられて操られるとか不幸過ぎるだろ、俺、とユエルに詰め寄った。

「……魅了魔法だ」

「ミリョウ？」

「我は目で、アリサはボディタッチで相手を魅了する魔法を掛ける。掛かった相手は我たちの思うままに動き、答える。ここに来て最初に習った魔法だ」

「なんてことだ。じゃあ俺は知らない魔にお前の目を見て、アリサに触れられて……」

「そういうことだ。心配するな、毎回発動はせん。貴様の協力が必要なときだけだ」

「いや、それってあの、悪魔召喚だよな？　今ので出てこなかったよね？」

「精液が不十分だったのだろう」

「ええー」

「今後も続けるが、打倒サマンサも同時進行だ。協力してもらうぞ」

「や、俺もう関係なくない？　召喚できなかったわけだし」

「関係あるわ！　き、貴様の性器を擦るという、は、恥ずかしいことをしたんだからな！」

「恥ずかしいっていう自覚あったのか……」

「当たり前だ！」

赤面したままブツクサ言うユエル。その姿にレイジは多少安堵した。人並みの女子らしくあの好意が「恥ずかしい」らしいからだ。

(良かった、なんとも思っていなかったら怖いよ……)

「そういえば貴様。昨日のアリサとのアレは、いったいなんだったのだ？」

「その……実は」

レイジは歯切れ悪く、昨日の経緯を説明した。

「なるほど。猪突猛進のアリサらしい勘違いだな」

「そそ、そうなんだよ。なんか勢いあり過ぎて、そのまま突進して通過しちゃうみたいな」

「それで貴様はどう思っているんだ？　少しだけ魔法を掛けられたとはいえ、すぐに解けたのだろう？　なぜ抵抗しなかった」

「そ、それは……」

アリサとのキスがあまりにも心地良くて、とは言えない。好きか嫌いかも良くわからないのに、キスが気持ち良かっただなんて、性欲しかないみたいだからだ。

「まぁ二人がどういう関係になろうと構わん。契約したのではないとなると、我の敵ではないからな」

「最初から敵じゃないから」

やれやれと呟く。どうにも厄介な魔法使いたちである。ユエルもアリサも、隙あらば魔法を掛けてきて、思いのまま操られる可能性が高い。特にアリサは勘違いをしたままだ。

もし今日のユエルのようなことをしてきたらどうすればいいのだろう。

レイジはそこまで思って、もう一人の魔法使いのことを思い出した。

「あれ？　リリアナは？　彼女も同じ魅了魔法を？」

ユエルは小さなため息を吐いた。

「そうだな。リリアナも同じだ……だが……正確に言うとまだ習得に至っていない」

「え？」

「彼女は人一倍の努力家だ。邪魔はするなよ」

「や、しないけど……そうなのか、厄介過ぎる。お前たちのその魔法を回避する魔法はないのか」

「あるわけない。あったとしても教えん」

「ぐうっ……」

「そういうわけだからまた新たに作戦を練り直すぞ」

「いやだから、俺は協力はしない……」

そこまで言って慌ててユエルから視線を外した。

また魔法を掛けられたらえらいことになる。それに、サマンサからは弟子たちと問題は起こすなと言われたばかりだ。もし今回のことがバレたら呪いが解けないまま強制退去になりかねない。

「で、できる範囲で……なら」

「うむ、さすがは、あれだけ射精した我の幹部だ」

「射精関係ない……」

「ではまた！」

ユエルはそう言うと、まだ付着している精液を拭いながら部屋から出て行った。

「……いや、この魔法陣とかどうすんの？」

◆◆

「おう、精液出せよ精液」

朝、起こしに来た、見た目だけはかわいい女子ユエルからそんなことを言われて、レイジは脱力した。

「あのなユエル。仮にも乙女がそんな言葉……」

「乙女で悪魔が召喚できたら苦労せんわ。出せ、精液を出すのだ！」

「もうやだこの人。ていうか、もう精液じゃ悪魔召喚できないってわかったんじゃないのか？」

「無論だ」

「なら――」

「悪魔召喚に必要なのは『まぐわい』だからな……ふふふ」

レイジは枕に突っ伏した。ここまで来ると本気なのか冗談なのかわからなくなってくる。

とりあえず、性に関してはまだまだ疎そうなので質問をしてみることにした。

「では、問題。まぐわいの意味は？」

「馬鹿にするな！　この魔眼の魅了魔法使いである我に愚問なり！」

「で、具体的に答えは？」

「まぐわいとは、こう、男女が見つめ合って……性交をすることだ！」

「誰が？　誰と？」

「我と貴様に決まっておるだろうがバカ者」

レイジは、「頭痛い」というふうにこめかみを押さえた。

なぜ恋人同士でもないのにまぐわうのか。ここの弟子たちは魅了魔法とやらを身に付けていると言われた。ある意味、性を解放し過ぎだろう。

「とりあえず、朝飯食べに行っていいかな？」

レイジは話題を変えた。すっかり目も覚めたので、着替えを始める。

「な、何を突然脱ぎ始めている⁉」

「え……精液出せって言っといて、着替えには驚くのか?」

シャツのボタンを外し、前をはだけると――。

「ひゃう――!?」

ユエルは両手で目を覆って情けない声を上げた。着替えは照れるらしい。

そういうところはかわいいんだけどな、と苦笑しながら部屋から出て行く。その後ろでユエルがまたセーエキセーエキとわめいているが無視した。

向かう先はサマンサの部屋である。

「は〜〜〜、冗談じゃないぞ、まったく。こっちがたたき出される前に、弟子たちの素行不良を訴えてやる」


「ははは、ユエルは欲望に実直だからね」

サマンサはすでに起きていて、何やら魔法の実験をしている最中だった。レイジは呪いを解く方法の進捗と、ユエルやアリサのこと、そして三人の弟子が魅了魔法を自分に使うことを訴えた。だが、さほど問題でもないという感じで軽く笑い飛ばされてしまった。

「や、あの、笑いごとじゃなくて」

「レイジも迫られてそう悪い気分でもないのでは?」

「困るに決まってるよ! 恋人でもなんでもないのに、迫られまくるのはおかしいじゃないか？　朝から出せだの、まぐわうだの……」

「減るものでなし、まぐわえばいいじゃないか」

「ええ？　いやいや、弟子たちと問題起こすなって言ったよね？」

「言ったが、別に恋愛やまぐわいを禁止しろと言ったワケじゃない」

「え～？　な、何それ……そもそもなんで魅了魔法とやらを教えたんだ？」

「あの年頃の娘たちがもっとも興味惹かれるのは恋愛ごとだ。最初から厳しい魔法を教えても退屈で覚えないだろう？　だから魅了魔法を教えて、さらに魔法に興味を持ってもらおうとしたのだ。問題あるかね？」

「うっ……ない……かも……いやでもユエルの場合は違う方向に行ってるし、まともに性教育受けてないみたいだからサマンサが教えないと」

「私は魔法の師であって、性教育まで請け負っているわけではないのだがね」

　確かにそうである。今どき、性教育は早ければ3歳児から親がするものだ。魔法使いがすることとではない。

「なんだい、もの言いたげな顔をして。まあ、私のやり方に不満があるのなら自分で教えればいいだろう。それこそ、向こうも望んでいるのだから実地でね」

「だから、そもそも、恋人でもないのに、そういうことをするのがどうなんだって話だからサマンサからなんとか言って欲しいと……」

から。


「しかし、私が言えば余計こじれそうな気もするがね」

レイジは黙りこくった。

ユエルは打倒サマンサを掲げている。サマンサがユエルに何かを言えば、ユエルはレイジを勘ぐって、余計事態はこじれそうだ。何せレイジはまだ世界征服戦闘員のままなのだから。

そこへニーナが部屋に入ってきた。

「なんか面倒くさそうな話してるわね。ユエルに正しい性教育がどうのこうのって」

今しがた起きたのか、まだ眠そうな様子である。そんな彼女を見て、サマンサは何かを思いついたように目を光らせた。

「そうだレイジ。この際ニーナに相談してみては？　世界を旅している彼女なら、何かいい方法を知っているかもしれない」

「えっニーナに……かぁ……いや、俺もそこまで暇じゃないんで」

「ちょっとどういう意味よ⁉」

「いや、だってニーナだろ？」

「そこまで言うなら見せてやるわ！　このニーナ様なりの性教育法ってヤツをね！」

ニーナはどんと胸を叩くが、レイジは嫌な予感がしてならない。

珍しくサマンサも乗り気のようなので、仕方なくニーナの後をついていく。

準備の後、やって来たのはユエルの部屋がある廊下だった。

ニーナはその廊下の真ん中に、とある本を置く。そしてドヤ顔で廊下の隅に隠れた。

「なあ、ニーナ」

「なんだレージ」

「ほんとうにアレが性教育法なのか？」

不自然に廊下に置いた本を指さす。本はニーナが用意したもので。魔術書のカバーがされているが……。

「中身がエロ本ってどうなんだよ……」

サマンサが大げさに言った。

「うむ、私では思いも付かない奇策だ」

「はは、だろうなー！」

(楽しんでるだけじゃないか、サマンサ……)

レイジはため息を吐いた。

「レージ、あれはただのエロ本じゃない。性的知識を得るための重要参考書だ。結構ハードな内容だけどね」

「ハードな内容って……」

「じゃないと勉強になんないし。やっぱ、こういうのは初っぱなからガツンといかねーと」

「中身はさておき、あんなふうに落としてたら拾うだけで終わりじゃないのかな？」

「レージ、しっ！　ユエルが来た！」

ニーナ、サマンサとともに、死角からユエルを見守る。

ユエルはぬいぐるみのマヌケを振り回しながら鼻歌交じりだ。ふと、廊下に落ちていた本に気づいて停まった。

キョロキョロと辺りを見回している。ニーナがにやりとする。

「くくっ、周りを気にしてるな」

「いや、普通に落とし主を探してるんじゃないのか？」

ユエルは素速く本を拾うと、その場で立ち読みを始めた。

「嘘だろ……」

「くくく、どうだレージ。貪欲なユエルのことだ、どんな魔法書だろうと中を覗くと思ったんだよ」

「なるほど、向学心を利用したというわけか。さすがニーナ、悪知恵だけは働くようだな」

「はっはっは、そうだろう？　サマンサ。私の実力を思い知ったかー」

「そうだなー思い知ったわー」

「サマンサ棒読みだし。ニーナ、めっちゃいい笑顔してるけど褒められてないからな？」

そうこうしているうちに、立ち読みをしていたユエルの顔色が変わった。

「なんかユエルが震えてる気がするんだが……」

「あー、ちょっと内容がハード過ぎたかもな。レージの部屋にあったやつなんだけど」

「何してんだよ⁉」

サマンサもニヤニヤとする。

「住み込みでそんな本を仕入れるとは、レイジもなかなか抜け目ないね。それとも元々手荷物の中にあったのかい？」

「いやいや、何勝手に人の部屋を漁ってんの⁉」

「ちょっと二人とも、しーっ！」

目を見開いたユエルがカタカタと震え出した。

「あわ、あわわわ……！　こ、こんなものは嘘だっ！　ありえぬー！」

ユエルはそう叫ぶと元来た廊下を走っていってしまった。

「あ、あれ？　逃げてっちゃった。ったく、レージのせいじゃない。もうちょっとマシな趣味にしてよね」

「勝手に人のもの盗んでおいて良く言ったな！　よし、表に出ろ」

「まあまあ、でも何かしらのインパクトは与えたようだ」

「インパクトじゃなくて、サマンサ！　俺は正しい性教育をだな……！」

「やあねえ。あんなマニアックなエロ本持ってる人に、正しい性教育とか言われたくないわよね、サマンサ」

「そうだな」

「き、君ら……」

ガックシと項垂れる。不本意だが、ユエルに過激なエロ本を見せてしまったことに後悔するレイジであった。

「はぁー……今日は妙に気疲れしたなぁ……」

仕事を終え、ベッドに倒れ込む。こっそりと買っていた大人向け特定嗜好情報誌(エロ本)で弄ばれたことが原因だ。

「さて、どこに隠すべきか……」

レイジに、捨てるという選択肢はない。なぜなら女性ばかりのこの館で、変な気を起こさないためにも、情欲のコントロールは必須だと思うからだ。

とはいえ、魅了魔法相手に抵抗する手段はない。アリサやリリアナはともかく、問題はユエルだ。

実際、自分がしている行為というものが、良くわかってないので質が悪いと思う。

とりあえずエロ本はベッドの下に隠そうと置いたとき、ドアがノックされた。

「我だ、戦闘員一号」

「な、何か用か？　ユエル。悪魔召喚のための精液は出ないぞ？」

「それはわかっている。と、とりあえず中に通せ……早く」

周りを気にした様子で、マヌケを押し付けて急かしてくる。仕方なく部屋に入れることにする。

「それで、何をしに来たんだ？」

「うむ、それなのだが……」

ユエルは口調はいつも通りだが、なぜかソワソワしている。やがて決心したかのようにレイジを見た。魅了魔法は発動していない。

「無知蒙昧な下僕のために、我が得た知見を授けてやろう」

「へ？」

「それは天啓とも言える出来事だった。いつものように後の領土となる施設を見回っていたときのことだ。そこで我は拾っ——邂逅したのだ、魔本【イビルブック】と。そこには口にするもおぞましい禁忌の秘術が記されていた」

廊下に落ちていたエロ本のことである。

「尋常ではない知の奔流に危うく我の意識も飲み込まれそうになったが、そこは我、耐えきったのだ」

(エロ本を放り出して逃げたのにな……)

「そして得たのだ。せ、性交では悪魔は召喚できぬと。すべての記述が我にそう訴えかけてきていたからな」

「なるほど。本が役に立ったようで何よりだ」

「なんだ？　もしやあの本を知っているのか？」

「あ、いや、ほらアレだ！　ユエルのその顔を見れば、真理に一歩近づいたのだなとわかるからな！」

「な、なんだ急に？　戦闘員如きにおだてられたところで嬉しくともなんともない」

「さいですか……」

「まあ、貴様はそんな下僕らしい下僕ゆえ、我という主との結びつきを今一度強固にせねばと思っていたところだ」

(……この雰囲気、嫌な予感がする)

レイジは牽制した。

「いや、言ってるだろ。エッチなことをしたところで、悪魔召喚はできないって」

「その程度の理解だから、所詮汝は下僕なのだ。くくっ」

「ええ……戦闘員から下僕に落ちてる……あっ」

目が合った瞬間、「しまった」と思うが時既に遅かった。レイジはユエルの魅了魔法に掛かってしまった。

「我が魔本【イビルブック】から得た知見は、もうひとつあったのだ」

「そ、それはなんでしょうか、ユエル様」

（あくそ、また口が勝手に……！）

ユエルがじっとレイジの目を見据えたまま近づき、身体を寄せてきた。鼻と鼻が触れあいそうな距離。

しかし、自分の意志ではどうしても目が離せない。近づけば近づくほど、彼女の魔眼の威力が強まっていくのを感じる。

「何も知らぬ下僕よ。本にはこう記されていたのだ」

囁き、その指先が股間に触れる。まるで、形を確認するように指先が絡みついてくる。

「『質の良い性交により対象との強い絆ができる』と」

「それはどういう意味でしょうか……？」

「少しは考えるのだ下僕。それとも、ここに血が集まって頭が回らないのか？」

言いながら、マッサージをするようにペニスを擦る。

ユエルの細い指が、まるで股間からペニスだけ引き剥がそうとするように掴み動かした。

「ユエル様っ、焦らさずにお慈悲を……っ」

「くく、相変わらず魅了には素直な身体だ。平素からそうだと助かるのだがな」

ユエルの指先が踊り、股間がズボンから解放された。途端半勃ちになった肉棒が飛び出した。

「きゃうっ！　ほ、ほら、見ろ。ようやくお出ましだ。もうこんな馬並みに……うわほんとに馬並みにバキバキ……」

（ああもう、一瞬素に戻るなよ、余計恥ずかしいだろっ……）

自分でも良くわからないが、いつもよりバキバキに勃起してる気がする。血が過剰に充填されているのか、心臓が痛いぐらいドキドキしている。

（こ、これが……至近距離での威力なのか……!?）

「さあ、これだけ完全に勃起していれば、確実に契約できることだろう、くくくっ」

満足そうな愉悦を漏らし、ユエルが上半身をはだけていく。

「どういうことでしょうか？」

「くくっ、下僕は黙って我に身を委ねればいいのだ……んしょっと」

エルは胸をあらわにするとレイジの前に跪き、双方の乳房で漲る肉棒を挟んだ。

（ぐうっ！　柔らかい！　温かい！）

柔らかな感触が竿全体を包み込む。

「はぁ、どうだ下僕。主の胸に挟まれた感触は」

「ああ、不思議ですユエル様……っ」

「も、もっと具体的に報告しろ。ん？　ほら、どうなんだ？」

ふにふにと、責め立てるように胸を揺らすユエル。ただ胸を波打たせてる程度だったが、それでもすべすべの肌が擦れる。

「まるで陶器のように白い肌なのに、しっとりと俺のモノに吸い付いてくるようで……少し揺れただけでも、シルクのような感触でありながら、温かく包み込まれていて――」

「饒舌ではないか下僕。そうか、そんなに主の胸が良いか」

「ええ、こうしてるだけでもどうにかなってしまいそうです。だからこそ、早くお慈悲を……動かして、くださいっ」

「う、動かす？　ああ、そうだったな……たしか、魔本【イビルブック】にもそう書いてあったような……よいっしょ……こ、こうか？」

もにゅもにゅと撓く乳房が擦られていく。

「ああ、すごい……っ⁉　これがユエル様の乳房の感触……っ！」

「ふふ、あまりの快楽にこれの三擦りで果てるであろう？」

「あ……いえ、まだまだ大丈夫です……もっと激しくしても問題ありません」

「そ、そうか。相変わらず耐えるのだけ得意な下僕だな……んしょ、んしょ」

ユエルがまじまじとペニスを観察しながら、胸を動かしてゆく。ふわふわとした感触が、くすぐったくも気持ちがいい。

(く……ユエルの乳首が当たって余計気持ちいい。ユエルも感じているのか?)

ユエルのサクラ色の乳首は勃起して、竿を擦るいい刺激になっていた。

やがて乳房の滑りが良くなり、擦れるような音を立て、ペニスが胸に揉み上げられる。

「ん、んく……んんん……」

「あの、ユエル様、何を……?」

「い、いいから……下僕は黙ってチンポを悪魔的に大きくしていればいいのだ」

ユエルは小さく舌を出して、つ——と、その先端から唾液を垂らした。

「ふふ、我の甘露に反応したな? 腰がぴくりと動いたぞ? さあ、このままこの情けなく勃起している馬チンポに塗りたくってやろう」

根元から先端まで、唾液まみれた竿を乳房でさらに扱く。

「ほら、聞こえるであろう? 下僕の愚者チンポが、啼いて喜んでいる音が……んしょ」

「はい、ユエル様。とても気持ちいいです……うぅっ」

レイジの腰が震える。それは快感もあるが、ユエルが一生懸命胸を動かしながら、様子を窺うような上目遣いをしてくるからだ。

威圧的な言葉とは裏腹に『気持ち良くなってるのかな?』『これでいいのかな?』と、そんな感情が透けて見えて、背徳を感じてしまう。

「はぁ、はぁん、んふぅ、下僕チンポ、ビクビク悦びにむせび震えているではないか。そんなに、んはぁ、この主の「パイズリ」とやらがいいのか？　とんだ痴れ者だなお前は」

「は、はい……ユエル様のパイズリ、とても気持ちいいです……っ」

それは本当だった。あのユエルが純粋にレイジを気持ち良くさせようと、頑張っている。こういう一生懸命になるところは嫌いになれない。むしろ、かわいいとさえ思うのだった。

（ああもう、何を考えてるんだ俺は。これも魅了魔法の影響なのだろうか？　正直、わからない……けど）

「ぬぉ、ま、また大きくしおってからに！　どうして下僕はそう、下半身だけ素直なんだ」

確かにレイジはすっかり興奮して欲情していた。魔法に掛けられているが、快感は共有している。言葉とは裏腹なユエルの拙くも健気な奉仕にもっと欲しいと願ってしまう。

「ふふ、どんどんあの臭い透明な汁が溢れてきているではないか。なんともお似合いだ」

ユエルも興奮しているのか、呼吸が荒くなってきている。

「ユエル様の胸で、もっとギュッと挟み込んで欲しいのです……」

「ほほう……つ、つまりアレだな？　おっぱいをおまんこのように犯したいのだな？　ふふ、またチンポがあらぶったではないか。本当に欲望に素直だなぁ」

「だって、ユエル様がそんないやらしいことを口になさるから……」

「くくっ、我とて日々学びを手にしておるのだ。パイズリとは、女の胸をおまんこに見立てて、犯して愉悦に浸るものなのだろう？」

「はい、その通りです——ユエル様の胸を、おまんこと思って……っ」

「くく、ほらほら、これがユエルのおまんこだ。どうだ？　気持ちいいか？」

「は、はい——ヌルヌルで、温かくて……もっと、もっと締め付けてくださいっ」

ぎゅううう、と両サイドから胸が圧迫される。その隙間を、レイジのチンポが無理矢理分け入っているようで、これは本当に膣への挿入を彷彿とさせた。

「あぁ……これは、本当におまんこを、ユエル様のおまんこを犯してるみたいです。ユエル様っ、自分で動いて良いでしょうかっ」

「え——あ、ああ、だ、ダメだ！　あくまで、我が主導だ！　かか、勝手に動いたら、パイズリは終了だ！」

「ああ、動きたい……動かさせてくださいっ」

ユエルをじっと見つめるが、彼女は耳まで真っ赤にして首を横に振る。

「そ、そんな顔をしてもダメだ。我が、この痴れ者チンポを躾けるのだ。我がお前のバカチンポを犯すのだ。この、おっぱいまんこでなっ！　んしょ、んしょ——」

「ユエル様のおっぱいまんこ、すごいですっ。俺、もう我慢できませんっ」

レイジのの懇願に、ユエルの全身が震えた。いっそう激しく胸を擦り付けてくる。

「ほら、出して出して出してっ、あの臭い精液を出すのだっ！　早く我に捧げよっ！」

（うあっ……！）

ドビュルー—！　ビュグ、ドビュルルルル——ッ！

「んみゃあああ——!?　あ、や、すごい出て——ああっ!?」

白濁を浴び、ユエルが驚いたように声を上げた。またしても髪や顔に勢い良く精液が飛び散っていく。

（ああ、はぁ、くううっ！　ああ、素のユエル——！　やっぱり、かわいい——！）

ドビュルルルルッ！　ビュグルビュブビュ――!!

「ふぁ!?　まだ――あ、や、こんなに出て――ああ、すごい……んぅっ」

「ああユエル様……気持ちいいです……もっと、絞ってください……っ」

びゅるるっ、びゅぐ………びゅるっ……。

「あっ……ん、まだすごい勢いで出して……はぁはぁ、んっ」

ギュッと絞り出すように乳房で挟んで擦り上げる。レイジの腰がビクビクと動いて、最後の一滴を放出させた。

「ああ、はぁ、はぁ、すごかったです、ユエル様のおっぱいおまんこ」

「ま、まだまだだぞ、レイジ。このチンポにはもう少し躾が必要だ。もっと激しい躾が……いいか？　これからが本当の契約であるぞ」

戸惑うレイジの前で、ユエルはベッドに向かい、横たわると、顔をこちらに向けたまま下着を脱ぎ始めた。

「さあ、こちらに来るのだ……」

「はい、ユエル様」

（ああ、ダメだ、あの目で見られるとあらがえない……っ！）

言われた通りレイジはユエルの背後に回った。ユエルの秘裂はキラキラと光っていて、もう愛液で濡れているように見える。ユエルも興奮していたのである。

「ああ、そうだ……いいぞ。腰に手を回して、性器同士を擦りあわせるのだ」

言われるがままに、ベッドの上でよつんばいになったユエルの臀部を掴み、ペニスをあてがう。

「こ、こうでしょうか、ユエル様……っ」

「ひぅ——、あ、ああ。いいぞ、下僕。これぐらいはできるようだな。ああ、直接触れあうと……こ、こんな感じなのか……」

「ユエル様のおまんこ温かくて……こうしているだけで気持ちいいです」

精液で濡れた亀頭でユエルの蜜壺を捏ねる。

「あ、あぅ……んっんんっ、そっ、そのヌルヌル下僕チンポで我の入り口をほぐすがいい」

(それはまずいって、ユエル。このままじゃ俺が止まらなくなるぞ?)

「いいのですか、ユエル様?」

「我がいいと言っておるのだ! さ、さあ」

レイジは躊躇するが、もし魅了魔法がかかってなくても、そこまで言われては引き下がれない。ユエルの熱い割れ目に、白濁の残るペニスを押し付けていく。

「ん、んはぁ——そうだ……いいぞ。そのバカみたいに勃起したチンポを、ゆっくり擦り付けるのだ。主のおまんこ全体に塗りたくるように、特に、入り口部分は念入りにな」

「はい、ユエル様……おまんこは特に、ほぐさせていただきます」

緩やかに腰を突き出す。割れ目に沿って竿を動かし、勢いが付き過ぎて時々つるんと外れてしまう。

にゅるにゅる……つるん……にゅるにゅる……つるんっ！

ペニスが外れるたびに、その先端を割れ目に突き立ててしまう。

「んっ、んはぁっ⁉　こらぁ、下僕ぅ……んんっ、素股ではなく……主のおまんこに侵入するつもりではないだろうな」

「そんな、滅相もありません……ユエル様っ。俺が下手なだけで、お許しくださいっ」

「ふふ、まあ良い。元々そのつもりだったからな……」

「え……今なんと？」

「このいやらしい下僕チンポを、我のおまんこで迎え入れてやろうと言っているのだ」

その一言で、レイジの心臓が高鳴った。

（こ、このおまんこに……ペニスを突っ込める……？）

魔法の影響なのか、その事実にいやがうえにも興奮してしまう。

「今、チンポが悦びに打ち震えたぞ。そうか、そんなに我のおまんこに侵入したいのか」

「それは……もちろんですっ」

（理由を聞いてはいけない。そんなことをしたら気まぐれな彼女のことだ、気が変わったと言いかねない。そうなったら、おまんこに挿れられない）

抵抗しなければという気持ちは、興奮の波によってどこかへ流れていってしまった。レイジの頭は今、ユエルとセックスがしたい気持ちだけでいっぱいだ。

(でもユエル……強がってはいるけど、本当は怖いんじゃゃ……それでも挿入していいなんて、俺のことを好きになったのか?)

「お前はサマンサが一目置く存在。なれば、我のモノとしてしまえば、いずれあの魔女への切り札となろう。だから、性交によって強い絆を作り、さらに強い契約によって結ばれるのだ!」

(う……やっぱりそんなオチか)

ユエルはやはり、自分の目的のために、良くわかんなくてもとりあえずやってみる、そんな無駄な行動力の持ち主であった。

「さぁ、契りを結ぶのだ。質の良い性交によって、最強の契約を今っ!」

「ユエル様、ああ、いけませんっ……そんな野望のために処女を利用するなんてっ!」

「だ、誰が処女だ! 我は立派な魔女ユエルぞ! しょ、しょしょしょ、処女など生まれつき卒業済みだ!」

「では、このまま挿入していいんですね?」

「く、くどいぞ下僕っ。な、なんだ? もしかして怖いのか? ふふ、所詮下僕の——」

——ずにゅ。

レイジは遠慮なく、その小さな蜜穴に差し込んだ。

「ひううううううう!!!?　にゃにゃにゃ、にゃんでいきなり――んひいいい!?」

「ああ、すごい狭い……っ、これがユエル様のおまんこ……っ！」

「ん、んひぃ――あ、はぁああ、入って――本当に入ってるこれ……っ!?」

狭くて温かいオマンコはギュウギュウと侵入者を締め付けてくる。

「まだ、まだいいって言ってない！　突然、無礼な、おちんちん――んなぁっ！」

「すみませんお話の途中で……。ですが、ユエル様のおまんこを前に、どうしても我慢できず……」

「あ、あああ、やっ、そんな奥まで――入って来ちゃ――あああああっ!?」

亀頭が肉襞を掻き分け、根元まで徐々にトロトロとした熱へと侵されていく。そして破瓜の証が太ももを伝った。

(やっぱり処女じゃないか)

レイジは罪悪感を抱いたが、処女膜を破ってしまった以上、どうしようもない。

「ユエル様、破瓜の血が」

「かっ勝手に突っ込んできて今更心配するな、バカ者！　も、もういっ……ああっくうう」

「痛いならやめます」

「はぁっはぁっ、つ、続けろドスケベ変態下僕！　こうなることは承知の上で我が誘ったのだからな！」

　破瓜仕立ての秘部がギチギチと締まる。思わずレイジの腰が動いてしまう。

「ん、んはぁ——ああ、ばかぁ、そんなに動いちゃ——ああ、あぁっ」

「すみません、ユエル様……でも、こんなキツキツおまんこ、動くなってほうが無理です」

「んんふぁぁあぁん！　あっあぁあぁんう！」

　ユエルの声は痛さよりも気持ちよがっているふうに聞こえた。

「ううう、な、なぜだ、初めて挿れられたのに……気持ちいいのが勝ってる……！　これも魅了魔法のなせる技なのか？」

（そ、そうだったら、助かる。この締め付け、ガマンできない……！）

　魅了魔法は掛けた本人にも多少の影響は出るのか。ユエルはレイジの腰の動きにあわせて身体をくねらせた。

「あっあぁあうっ！　んふううん！　あふ、んんっ、中、当たる……！　大きいオチンチンが、中で……暴れてりゅううう！」

「もっと動きますね」

「はぁぅはひ……きょ、許可する……んん！」

　レイジはユエルの臀部を掴むと、小気味良く腰を前後に動かした。

　パチュッパチュッパチュッ！

「んにゃああ⁉ 急に早くしちゃ――あ、あ、あ、あ、あ、あ、あ、あっ！」

ぱづん、ぱづん、ぱづん――っ！

「やぁ、馬鹿者っ、そんな、獣、みたいな、動きで――ああ、おまんこ、我のおまんこ、壊れちゃう――あああっ‼」

「さすがユエル様、男心をそそる文言を良くご存じでらっしゃる……っ！」

「やぁ、ばか、なんでさらに張りきって――ああ、ひゃあ、ああ、ああ、あ、あ、あっ」

きつく狭かった蜜壺の中が徐々に解れてきた。愛液が肉棒に絡み出して、狭さではない締め付けが始まる。

「ひゃあ、また中でチンポが大きくなって――バカチンポ犬チンポスケベチンポっ！ どこまで大きくする気なのだっ！ こ、このままだと、我の、我のおまんこが、下僕チンポの形に変えられてしまうっ！」

「変わってくださいっ！」

――ぱづん、ぱづんぱづんぱづんっ！

「ば、ばかぁ！ あん、あんあっあああっあんはあふぅんっんああ！」

「痛いですかっ？」

「んっはっあはっ！ い、痛くなど、ないっ！ あんっ！ あっああっ！」

「じゃあ気持ちいい？」

「はあ、あうっ、はっ！　ば、バカぁ！」

　ユエルは顔を真っ赤にして、頭を枕に擦り付けた。

（あれ、もしかして魅了魔法が弱まってる？　今の言葉は操られた俺じゃなく、いつもの俺が言いそうな言葉だ。ユエルが動揺したからか？　少し試してみるか……？）

「え、まさかユエル様、チンポの形になるって、ご存じなかったとか──」

「と、当然知っているに決まってる！　ただ、下僕チンポの形を憶えてしまう──ことに、少し驚いて──あ、はぁっそんなに激しいの駄目って──！　あああっ⁉」

「俺のチンポでイッて、完璧に憶えてください。その為だったら、何度だって、射精しますからっ！」

「はぁ、はぁ、ば、バカ、今日は絆を深めるための儀式で！　ああっ、せっ精液は必要ない。ただ、質の良い、セックスを」

「今、セックスって言いました？」

「はぁ、はぁ、へっ？　性交のこと……だろう？　ふぁああんっ！　ま、また大きくしてる、じゃないかぁ、このバカチンポッ！」

「ええ、すごく興奮しました……っ。そうですよ、今、ユエル様は、俺とセックスしてるんです。だから、もっと言ってください、セックスってっ！」

「ふえええっ！　なっんでっ、下僕が我に命令をするのだ、あ、ああ、黙って腰を動かせば良いものを！　あんっ！　あっあっああ！」

　ユエルはなんとか主導権を握ろうとするが、そうはさせまいと腰を盛大に振る。肉棒全体がユエルの肉襞に擦られ、絞られていく。

「ふぁあああんっ！　あ、あんあっあっあっああはあんっ！　せ、セックス、するのだ、もっと……我の中を激しく……んんんんっ！　はぁ！」

　ぱづんっ！　ぱづん、ぱづんぱづんっ！

「あ——!?　あ、あ、あ、あ、あ、あ、あ、あ、あ、あ、あっ!!」

　ベッドに沈めかねない勢いで、腰を打ち付ける。竿が出入りするたびに赤い肉襞が擦れてめくれ上がる。

「あ、はぁ——ああ、セックス、セックスしてるのぉ……あああ、下僕チンポで、いっぱい、ずぼずぼセックス……っ！　んひ、ああ、しゅご——下僕の獣セックス、激し過ぎ——ああ、ああ、ああっ」

「くぅ、おまんこ気持ちいいですっ、ユエル様との契約セックス、きもちいいですっ！」

「ああ、んはぁ——ああ、やぁ、なんだ——ああ、これ奥ばっかり突かれて——駄目、ダメダメ！」

「何が駄目なんですかっ！」

「らって、これ——あああ、突かれるたび、頭、真っ白に——あん、んにゃあああ!!!」

「でも、これがセックスです！　一緒に気持ち良くなって！　一緒に絶頂しましょう！」

「ふえ――そ、そうなのか、そうすれば、お前と強力な契約を結べるのか……？」

「ええ、一緒に気持ち良くなれば、なるほど、いいんですっ！」

「そ、そうか……じゃあ、セックスしゅりゅっ、一緒に、絶頂、するっ！」

「本当ですね、俺のチンポの形、憶えてくれるんですねっ！」

「うん、うん、憶えりゅ――からぁ、あああ、このまま、このままいっぱい気持ち良くして！　ユエルとセックスして、中にいっぱい射精して……っ‼」

互いの腰が連動するようにリズミカルに揺れてぶつかる。ユエルの膣内がぎゅぎゅっと締まり、竿を圧搾するように扱いた。

「ああ、出す、出しますよ！　ユエル様っ！　中にっ！」

「んふあああ、我も、我も何か、何か……はああ、あぁっレイジの精液、ちょうらい、いいいいいいいいっ」

どびゅぶぶ――！　びゅぶる、どびゅぶぶぶっ！

「あ――はぁ――――ッ！！？」

ユエルの中で弾けるようにして放出する。

「んひぃ――あ、はぁ、熱い――んん、んふぁあああああっ!!?」

最後の一滴まで吸い尽くさんばかりに、締め付けてくる。ユエルも絶頂に達したのだ。

「んはぁ、ああ、はっはぁっ……あ……ああ、いっぱい出た……」

「はぁ、はぁ――ユエル様……」


「それで？」

「それで？　何？」

事を終えた後、レイジの魔法は解け、今はベッドの上で向き合っていた。

「セックスをしたのだ。我は契約を結べたのか？」

レイジは真顔でそんなことを言うユエルの頭を撫でた。

「な、なんだ、何をする？」

「うーん、結べてないいんじゃないかな」

「な、何ぃ？　セックスしてる最中、チンコの形がどうのこうのと！」

「まあれはプレイの一環というか……興奮しただろ？」

ユエルは無言でぬいぐるみのマヌケをぶつけてきた。

「いってえ！　幹部で攻撃するなよ」

「このドスケベくされチンポ！」

「もうすっかり魅了魔法も解けたしな。今回の儀式も失敗だと分かっただろう。ほら、これで満足か？」

「ぬぅ……しかたあるまい。今日はこの辺で……いたっ⁉」

部屋を出ようとしたユエルが立ち止まる。

「あ……痛むのか？」

「うん、ちょっと――って、はっ⁉　何がだ？　ふと油断して、渦巻く魔力が溢れ出そうになっただけだ。危なかった……もう少しで、世界の3分の1が崩壊するところだったぞ……」

「お、おう。3分の1ってまた中途半端だな……」

いつものユエルに戻って、レイジは苦笑する。セックスはしたものの、なんだか恋人同士の雰囲気にはなれそうにない、と思う。

「ええい、もはやここに用はない、さらばだ！」

「無理するなよ？」

「うるさい、バカ下僕！」

ユエルは捨て台詞を吐いて出て行った。レイジがベッドに横になる。

「は～～～……魔法に掛けられてセックスしたけど……まぁ、いいよな？　向こうが望んだことだしね」

そう言うものの、なぜだか心のどこかで、アリサに対して申し訳ない気持ちもするのだった。

それからしばらくレイジは、ユエルの元、ニーナとともに打倒サマンサの計画を実行していく。
あるときはニーナのへっぽこ魔法を掛けたが全くなんの効果もなく失敗し、またあるときはユエルの魅了魔法で動けなくしようとしたが、こちらも全く効かず逆に返り討ちに遭

ってしまった。

最終的に、ニーナが仕入れてきた「サマンサはお酒に弱い」という情報の元、暗躍をする。世界で一番強い酒を手に入れてまんまと飲ますことに成功したが、酔っ払ったサマンサは制御不能になった。レイジに絡み、館が崩壊しかけた。幸い駆け付けたアリサ、リリアナによって全崩壊は免れたが、二人からこっぴどく叱られてしまった。

そして、現在……。

「ユエル、そっちの窓は大丈夫か？」

「うむ。割れているどころか、ヒビすら皆無だ」

ユエルとレイジは、半壊した館の修繕をしていた。大半は正気に戻ったサマンサの魔法で直ったが、レイジたちも片付けないとばつが悪い。ニーナと手分けして瓦礫集めをしたり、ユエルの魔法で簡単なヒビなどを直していった。

今は大きなゴミを捨て、窓を拭きながらチェックしているところだ。

「よし、ここも大丈夫だな。もうこんな時間か。ユエル、残りは明日にしよう」

「正直に言って良いぞ」

「へ？」

「打倒サマンサ作戦はすべて失敗に終わった。こんなことでは、一生世界征服など無理だと、笑っていいぞ。貴様には……幹部二号にはその資格がある」

いつものユエルらしくない弱気な言葉だった。これだけ派手に失敗をして落ち込んでいるのだろう。ほんの少し迷惑をかけたことも遠回しに言っているようだ。

確かに、以前のレイジなら怒って二度と協力しないと捨て台詞を吐いているところだが、今は違った。

正直、この数日間は楽しかったのだ。本気で世界征服を目指す女子と様々な手段を使い師匠を超えようとする努力が面白かった。ユエルのことを本気で師匠を超えさせたいと思った。そしていつの間にか幹部二号に昇格していた。

レイジは可笑しくて笑った。

「なっ何が可笑しい⁉　我を愚弄する気か？」

「違うよ。全く、ユエルと一緒にいると面白いな。飽きないよ」

ユエルはきょとんとしてレイジを伺った。

「ニーナの全く役に立たない魔法も、サマンサに歯が立たなかった魅了魔法も、街で酒を探して歩き回ったことも、今夜の馬鹿騒ぎだってさ、全部楽しかったんだ」

ユエルが言葉をかみしめるように小さく頷く。

「う、うむ。そうか……え？　そうなのか？」

「ごめん。ユエルみたいにもっといろんな言葉で表現できたら、もうちょいちゃんと伝わるんだろうけど。まあ、なんだかんだ楽しんでたってことだよ」

見るとユエルは顔を赤くして俯いている。肩を震わせ何かと葛藤しているようだ。

「どうした？　ユエル？　どこか具合でも悪いのか？」

「ち、違う。うむ、今の幹部二号の言葉を覚えておいてやろう。ああ後はアレだ！　片付け終わったから報告、いてくる……」

「ああ、一緒に行く……」

「我一人で行ける！」

ユエルはそう言うと、なぜか危なっかしい足取りでリリアナたちの部屋に向かった。

「なんだ？」

なんだかいつもと雰囲気が変わったユエルを見送った。


その夜、レイジが眠っていると下半身に違和感を覚えた。

「ちゅ……ちゅぷ……ちゅる……ちゅ、ちゅぱ……しかし、月明かりの下(もと)で改めて観ると、なんと凶悪なチンポなのだ」

下半身にしっとりと濡れたような温かさと気持ちよさを感じる。レイジはゆっくりと目を開けた。

「ユエ……ル……？　な、何やってるんだ？」

そこにはレイジの布団に潜り込み、勝手にフェラチオをするユエルがいた。

「見て解らないのか？　そうか、レイジは知らないのだな。これはフェラァウッティオという儀式でな、こうして陰部を舌で刺激するのだ。んれろ、んちゅっ」

「そ、それはわかるっけど、なんで？」

　小さな赤い舌が亀頭の周りをクルクルと舐め回し、口をすぼめて尿道口をすする。レイジは一気に覚醒する。

「まさか、また魅了魔法を……って、あれ？　俺、自分の言葉で喋ってるな？」

「ちゅぶちゅぶ、ぷちゅ……ん、魔法は掛けておらぬ」

「え、なんで？　って、うあ、カリ首舐めたら……気持ちいい」

「そ、そうか。こうだな？　ぺろぺろ、ちゅぷちゅぶぶ……」

　以前とは違うユエルの行動を不可思議に思ってしまう。また何か企んでいるのかと思うが、美味しそうに肉棒をしゃぶるユエルからはそんな邪気は窺えない。

「魔法は……使わないのか？　俺はもう目覚めていてユエルの目を見られるぞ？」

「い、いいのだ。これは……そういうのではない。新しい契約のための儀式というか、なんというか……」

　ユエルはこちらの様子を窺いながら、丹念にペニスへとキスを降らせる。控えめに、優しく、そして何より慈しみながら。

「ん、んちゅ……んれろ、ちゅ、ずっと考えていた、レイジのことを。そうしたら我も予期せぬ感情が起こったのだ」

「それは、どんな？」

「……ちゅぷちゅぷ、ちゅっちゅっ！」

照れているのか、激しく肉棒を扱き始める。

「うあ、ちょっユエル……ううっ……！」

「んんっ、ちゅぽんっ。はぁ……ん、我はレイジのことが好きだという感情だ。呪い持ちでも下僕でも幹部でもなく、一人の男として」

レイジはその言葉に単純に嬉しくなった。だがすぐに、なぜか頭の隅にいる人物……アリサが過ぎる。

（アリサとはキスをしただけなのに、どうしてこうも彼女のことが浮かぶんだろう？　それに胸が痛む気がするのはなんでだ？）

その様子をユエルが察して微笑んだ。

「大丈夫だ。レイジのことは好きだが、特別な存在など望んではおらん。ただ、これまで良く我についてきてくれたことと、我を理解してくれた数少ない人間として礼も兼ねている」

「ユエル……」

「我の望みはあくまで世界征服。そのためには、まだまだレイジには我の元で働いてもらわないといけないからな」

「そ、そうですか。それで、魔法は使わずに……」

これはユエルの純粋な気持ちの告白なのだろう。今までは魔法を使って力尽くで服従させていたのが、その必要はもうなくなった。信頼関係が築けたのだ。相変わらずのユエルに、レイジはこれまでの強引で一方的な行動を許すかのように笑った。

「ありがとう、ユエル」

「う、うむ。それよりこの凶悪なチンポは、こんないいシーンでも滾っておるのだな」

ユエルはそう言いながら、再び舐めだした。

「ん、んちゅぷ……れろれろれろ……どうやら、この出っ張りのところが弱いみたいだな……舐めるたびに、魔物が啼いて喜ぶ……んれろっ」

「くっ……もう弱点を見付けるなんて……さすがだな……っ」

「当たり前だ。どれだけレイジのことを見ていたと思う……んぁ、あむん」

亀頭を口に含んだかと思うと、じゅぽじゅぽと音を立てて扱きはじめた。激しい吸い込みに腰が震えてくる。

「んぐ、んぐんん、じゅぷっ、じゅぽっ！」

「ああ、その動き……っ、まるでおまんこに入れてるみたいだ」

「んー、んぐ、んじゅる、んぐぶ——じゅる……んぐ……」

ユエルは、肉棒を咥えながら舐めたり、出っ張りに唇をひっかけたり、甘く噛んでみたりする。唾液が潤滑油になりさらなる快感が生まれていく。

「あむ、ん、んじゅる……じゅ、じゅるるるっ……んほ、んじゅ、んーん？　にゃひほははんひへふほは？」

「ああ、く、咥えたまま喋るんじゃないっ」

「んぷはぁ……我慢しなくても、吐き出したければ吐き出していいのだぞ？」

「や、でも、そうするとユエルの口の中に……」

「構わぬ。我の口に……出していいから……あむ、んじゅっ」

「くぅっ！」

その言葉とともに深く咥え込まれ、思わず腰が跳ねた。

「ん……んじゅ、じゅる……んぐ、んふ――んふ、んふ♪」

ユエルは、肉棒を喉の奥までくわえ込む。ゆるゆると太い幹に沿って口をすぼめて扱く。

レイジの絶頂は高まった。

「んぶ、んん、じゅるるるる、じゅりゅ――んぐ、んぐ、んふぅっ!!」

「ああ、ユエル、もう、限界だ……！」

「んー♪　んふ、んふぅ！　んぐ、んぐ！　じゅぷぷぷ！」

ユエルは嬉しそうに、ますます激しく上下にストロークをはじめた。途端……。

――どびゅるるるるっ！　びゅる、びゅぐるるっ！　びゅぐびゅぐ――――！

「ん、んふぅ――――！　んぐ、んじゅ――――んふ、んんふっ!!?」

口内で何度もペニスが跳ね、白濁をまき散らす。ユエルは驚き、飲み込もうとするも口から溢れ出た。

――びゅる、びゅぐ！　どびゅびゅ――――!!

「ん、んぐ――――んんんん～～～～！」

やがて勢いがなくなる。ユエルは涙目になりながらも、責める気配は一切出さずに精液を飲み下した。

「けほっ！　んんっ、けほけほ！」

「だ、大丈夫か、ユエル」

「う、うむ。問題ない」

「ユエル……ありがとう。すごく気持ち良かったよ」

頭を撫でると、ユエルも嬉しそうに喉を鳴らした。

「はふ……ん、あれだけ出したのに、もう復活しているではないか？」

先ほどまでの勢いはないにしても、半勃ちしたままである。魔法を掛けられていないのに、とレイジは恥ずかしくなった。

「や、あの、もう少ししたら収まってくるよ」

「大丈夫だ。レイジ、我が上になるから……」

ユエルが呼吸を乱したまま、レイジの上に跨がった。休んでからのほうがいいと思うが、ユエルの秘部からは愛液がしたたり落ちていた。

我慢できないのだろう。ぐりぐりと腰を動かし、ペニスに割れ目を擦り付けていく。

愛液で濡れた割れ目は熱く、口腔内とはまた違った感触に、勢いで挿入してしまいそうになる。

「ほ、ほら、わかるだろう。はぁ……我が、いかに感じているか」

「ああユエル……はぁ、すごいぬるぬるだ……っ」

「どうせすぐに快楽で何もわからなくなってしまうのだ。なら、少しでも早く我で気持ち良くなって欲しい……ん、んぅっ」

ユエルが腰を揺すると、くちゅくちゅと水音を響かせて秘裂が亀頭を刺激する。

「わかった、じゃあそのままゆっくりと腰を下ろしてくれ」

レイジはユエルの腰を抱えると、周りを傷付けないよう中心をあわせた。そうしてゆっくりと腰を下ろすユエルの秘部に下から突き上げるようにして挿入する。

「ふみゃあああ……！　ああああんっ……！」

一気にペニスを最奥まで挿入すると、ヒクヒクと膣内が痙攣のように震える。

「ふああ、ああっあひぃんんんっ、んひぃ、ん！」

痛くない証拠に、ユエルの目は恍惚として赤い唇からはだらしなく笑みが浮かんでいた。

「くっ……まだきついけど、気持ちいい……！」

「ふみぁああ、あああっはぁ、はっあううんっ」

ユエルも気持ちがいいのか、自らゆっくりと動き始めた。肉棒がさらに奥へと引き込まれていく。

「うあ、締め付けられる……！」

「ん、んぅ……はぁ、んはぁ、はぁ……はぁ……んっどうだ……はぁ、正気で味わう我との蜜月は、んぅ……き、気持ちいいであろう……」

「ああ、気持ち良過ぎて、自分でもいつもより勃ってるのがわかる」

ペニスの全身がユエルの膣内に埋もれ、先端はコリコリとしたものに当たっていた。

「今、先端が当たってるのって、ユエルの……」

「そ、その通りだ……我の命を宿す宮殿……ん、はぁっ先っぽが、宮殿にコリコリ、擦れて――んひぃ、ああっ」

亀頭が子宮口にピッタリと吸い付くように腰をくねらせる。

「ん、んふぁ、コレ、すごい……あ、んひぁ、我の奥をこじ開けられているようで……ふあ、あ、待って、動いちゃ、ダメ。我が、我がするからっ」

「俺も、ユエルを気持ち良くしたいよ」

「わかってる。でも、あ、あ、あ、あ、そんなにされたら、頭の中――真っ白に、なってんんにゃ、にゃあああ、ああ、あああああっ！　んふぁぁぁっ！」

レイジは構わず下から突き上げるようにしてユエルの秘部を突く。ユエルの身体ががくがくとされるがままの人形のように揺れる。

――ズニュ、ズニュズニュッ。

「ああ、はぁっ、はぁ――いやらしい音が、響いてっ……ああっやあ、らめぇ！　そんなについたらぁ、おかしく、なるよぅ……！　あんあんあっああっあんっ！」

「ごめん、気持ちよ過ぎて、止まらない……！」

目の前で激しく揺れる胸を舐め回す。ユエルのかわいい嬌声が響いた。

「んはあああ、らめえええっ！」

「ああ、すごい、乳首がこんなに勃って……ユエルも気持ちいいんだね」

「あ、あああたりまえっふぁああああん！　ああ、乳首、吸っちゃらめええっ！」

お互いの動きがリズミカルに連動しあう。ユエルの愛液まみれの秘部がめくれ上がり、赤い肉棒が容赦なく打ち付けられる。

「すごいよ、ユエル、気持ちいい……！」

「あ、あああああ――！　わ、我も、我も、ああ、おちんぽ、中コンコンしゅるうぅ！　そこしゅきぃっ！　おっぱい、たくさん舐められるのも、しゅきっふぁああっん！」

「ユエル、出すぞ、おまんこの中に、全部出すからなっ!!」

「ひあっあっあんあんっ！　ら、らひて、せーし、いっぱい、らひて！」

どくんっ！　どぴゅるる、びゅるる、びゅぐ、びゅるるるるっ!!!

「んみゃあああああ、ああっ、あああああああっ!!!?」

ユエルが絶頂の痙攣を起こすと同時に、勢い良く中で放った。腰を打ち付けてユエルの膣内にすべてを注ぎ込む。

びくびく――びく！　びくびくっ！

「ん、んひ――!?　出てる……あ、あちゅい――のぉ、あああ、んんふぁああああっ!!?」

びゅぐ！　びゅるるるっ！　どぷっ……！

ユエルが腰を動かすと、中から精液が溢れ出てきた。

「ふぁ、はぁ、はぁ、ああ、んっっく……い、いっぱい、出たぁ」

レイジの胸に身体を預けて脱力する。その身体を優しく抱きしめる。

初めて魔法を使わなかったセックスは、想像以上に気持ちが良かった。

二人は満足して微笑むと、やがて微睡んでいった。

――数日後。

「驚いたな」

サマンサは目の前のユエルを見つめた。右手が動いているので、ユエルの魅了魔法に掛かったのはほんの数秒である。だが、それでもユエルは確実にサマンサの動きを止めることができた。

「はぁ、はぁ、はぁ。せ、成功か？」

「ああ」

サマンサがにっこり笑った。途端、レイジとニーナが歓声を上げた。

「やったなユエル！」

「はぁ、は～……ふふ、やったぞレイジ！」

サマンサ打倒の最終作戦。それはもう一度ユエルの魅了魔法を掛けてみるということだった。以前は全く効かず、逆に返り討ちに遭っていたのだが、ここにきてようやく成功した。疑うわけではないが、念のためニーナがサマンサに聞いた。

「まさか手加減していた、なんてことはないわよね？」

「まさか、弟子との勝負は常に真剣だ。私はちゃんとガードをしていたのだが、数秒身体が動かなくなったのは事実だ。ユエル、がんばったな」

弟子の成長に目を細めて喜ぶサマンサに撫でられて、ユエルはくすぐったそうに肩をすくめる。

「しかし、なぜだ？　急に魔法の制度が上がったな。以前はもっとムラがあったのに」

「そ、それは……」

ユエルが恥ずかしそうに、レイジを見た。レイジには自覚はないが、ユエルにははっきりとした変化があった。

それはレイジとセックスをすることによって得られた、自分への自信である。

サマンサはユエルの視線に気づいて笑った。

「なるほど、一皮むけたのはレイジのおかげか」

「え、俺？　なんかしたっけ？」

ユエルが慌てる。

「な、なんでもない！　幹部2号は関係ない！　それより、これが打倒サマンサの第一歩だ！　まだまだ始まったばかりだぞ！　レイジ、ニーナ！」

「ああ……打倒サマンサって言っちゃった」

顔に影を落とすレイジに、またサマンサが笑う。

「うむうむ、いいぞ、それでこそ我が弟子だ。ゆくゆくは私の屍を超えていくが良い」

「言われなくてもそうさせてもらう！　そのためにはニーナのへっぽこ魔法と情報と」

「へっぽこ言うな！」

「レイジ、貴様の協力が必要不可欠だ。また……その、頼むぞ！」

「おう！　ん？　え？　何を？」

「いーから！　これからも側でこのユエル様の躍進をその目に焼き付けるいい！　それが、レイジ・ウルリックへの、ユエル・ユニエットからの最重要命令だ！」

ユエルはそう高らかに宣言すると、いつものように不敵な笑みを浮かべた。

第三章　呪い持ちと花香る魔女

「男の子って、やっぱりおっぱいが好きなんだね。じゃあ、こういうのはどうかな？」

（うあっ……敏感になってるっていうのに……！）

怒張したレイジのペニスを包んでもまだあまりあるアリサの胸は、生きているかのようにその形を柔軟に変化させる。

「あ、ビクンって反応した！　んふふ、自慢のおっぱいなんだから、しっかり活かしてあげないとね」

（マジか。呪いはまだ解けないいし、アリサの誤解も解けないいし、魅了魔法は掛けられ放題だし、どうすれば～！）

数分前まで部屋で魔法の本をいくつか読んでいたレイジだが、寝落ちしていた。そこへアリサがやって来て一方的に迫り、これまた一方的に魅了魔法を掛けたのだった。

アリサはレイジのペニスを嬉しそうに引き出すと胸元をずらして、真っ白い胸を出した。

そして双方の乳房でペニスを扱き出した。魅了魔法のせいで、またしても掛けた本人に都合の良い答えが勝手に口をついて出てくる。

「ん……しょっと……どう、レイジ？　オチンチン、おっぱいに挟まれて温かいでしょ？」

「あぁ、すごく安心するよ。さすがアリサだ」

「えへへぇ～。レイジに満足してもらえるように、頑張るね！」

両腕で胸を押さえ込んでいることで圧迫感が増し、亀頭の先まで温かい感触が伝わってくる。乳房を交互に擦りあわせるようにして竿を擦られると、腰が浮くようなこそばゆい快感が這い上がってきた。

（うう、気持ちいい。くそ、早く誤解を解きたいのに……このままじゃ、勘違いされたままエッチなことをしてしまう）

「んんっ、ん……ふぅ、こうしてみると、おっぱい大きくて良かったと思えるよ……実際にレイジを誘惑する武器になっているんだから……」

「あぁ、すごく魅力的なおっぱいだよ」

「ふふっ、ありがと。んっ、ん……レイジのオチンチン、すごく熱い……こんなに熱くて、大きくなるんだね。まるで腫れてるみたい……破裂しちゃいそう。痛くないの……？」

「ドキドキしてるから、それが伝わって熱くなってるんだ。アリサ、鎮めてくれるかい？」

（饒舌過ぎるぞ、俺。これは、アリサが望んだ俺ってことか）

「うん、任せて……んっ、んしょ。ふぁ、乳首が擦れちゃう。私も、気持ちいい」

アリサの勃起した乳首がカリ首や鈴口に当たる。

(うっ、これは想像以上にっ……！)

「あっ、んんっ……おっぱい、やけどしちゃいそうなくらい熱いよぉ」

柔らかな胸は形を変え、竿に絡みつく。魔法に掛かっているのに、気持ち良くて身をゆだねてしまう。

アリサの熱い吐息を尿道口の間近に感じる。このままその小さく赤い唇に擦り付けて、口の中に入れてしまいたくなる。

(お、落ち着け、落ち着け……でも、くうう、じれったいのが余計興奮する！)

「あっ、オチンチンの先から何か溢れてきてる……これがカウパー？」

「へぇ、知ってるのか」

「うん。こういうときのために、少しだけ勉強したの……でも、実際に見るのは初めて……じゃあこうするともっと気持ちいいかな。あむ……」

(うあっ……アリサの口の中に入った……！)

「ああ、それすごいよ、アリサ」

「んむちゅぽっ……じゅるっ、ちゅ……はぁ、すごい、大き過ぎて、口に入りきらないよ」

「すごく気持ちいいけど、無理しないでくれ。アリサのかわいい口が裂けたら大変だ」

「んふふ、大丈夫。じゅるっ、ちゅっちゅぷちゅぷぷぷ、ぺろぺろ、はぁ、あん、口の中で暴れてる……そんなに、気持ちいいの……？」

「あぁ……チンコ全体が、震えそうになるくらい……」

「へぇ……ふふ、レイジのオチンチン大きい、熱ぅい。んんぅ、ちゅるるっずずっ！　ちゅぽちぽちゅぽ、じゅちゅ！」

乳房で擦りながら、狭い口腔内で舌をめちゃくちゃに暴れさせる。下半身全体が甘く痺れてきて射精感が襲ってきた。

（うあああ、だ、だめだ、そんなに激しくしゃぶられたら……！）

「あぁっ、くぅ……っ……もう、出そうだ……っ……！」

「じゅずずっ、んんぅぅ……ぅ、うん、出して……っ！」

アリサの言葉と同時に放出した。

ドビュルル、ドビュユルルルッ――

「んぶっ！　んんん～～～！　んはぁ！　はむっ！　んんくうん……！」

「ああっ！」

レイジは、心地良い射精に身震いする。口の中に入りきらない精液が溢れ出てきて、アリサの顔や服を汚した。

「んん、けほ！」

「はぁっ、はぁっ、くっ……だ、大丈夫？」

「ん、らいりょーぶ。んっんんちゅう」

「うあ、吸わないで……！」

ドプッ！　ドクドク！

「ひゃん！　まだ出てくる！」

「ごめ、気持ち良過ぎて……」

「いいよ。うふ、そんなに気持ち良かったんだ？　私のパイズリとフェラチオ」

「すごく気持ち良かったよ」

やがて精液を出しきり、レイジは脱力した。

「はぁ、はぁ……ありがとう、アリサ」

「ううん、むしろ嬉しいの、私。レイジにしっかりと満足してほしいから」

「まったく、アリサには敵わないな。彼氏冥利に尽きるってやつだ。待ってて、すぐ精液拭き取るから……」

「え～、もったいない……記念として、なんとか保存できないかな……」

「バカ言うな……バカ言う……ば……ばか～～！」

「はれ？」

急にレイジに掛かっていた魅了魔法が解けた。自分の言葉が声に出ることを確認すると同時に、レイジはヘナヘナとその場にへたり込み、項垂れた。

「もしかして、解けちゃった？」

「解けたよ！　もう、何やってんの？　アリサ！　こんなことして……」

「へ？　恋人であるレイジにご奉仕だけど？」

「あのな、そういうのはいいから！　そうじゃなくて俺はあの」

「あ、そろそろ昼ご飯作らないと！　それじゃね！　えへへ♪　レイジかわいかったよん」

「アリサ！」

伸ばした手をすり抜けて、アリサは部屋から出て行ってしまった。

まずます項垂れる。

「あ～、だめだ。話をする前に魅了魔法を掛けられたんじゃ、どうしようもできないよ、くそ～」

(でも、すんごい気持ち良かったな……)

「じゃなくて、俺！　しっかりしろ、俺！」

翌日。
「――とはいえ、なんて言って切り出そうかな」
レイジは独り言ちながら朝食後の廊下を歩いていた。

アリサは強引で人の話をあまり聞かないが、嫌いではない。できれば傷付けずに恋人ではないと伝えたい。

「一人で……いや誰か一緒のほうがいいかな。ユエルとか……いやだめだ、あいつの場合見返りが高くつく」

ユエルとの仲は変わらず世界征服を企む魔法使いとその下僕だが、ユエルがセックスをしたいときは応じている。魔法掛けられたり掛けられない場合も。お互い好意はあるが、レイジの頭には常にアリサのことがある。ユエルもわかっていてその辺りの感情を深く言及してこない。そういった関係が互いに気楽だった。

アリサの件で協力して欲しいと頼めばしてくれるだろうが、おそらく、朝までセックスなどの見返りを要求されてもおかしくはない。

もしくは、ヤキモチを焼いて協力を拒むかもしれない。そうなったら不用意にユエルを傷付けてしまうことになる。

「だめだな。他に何かいい方法はないかな……ん？」

ふと、窓の外に視線を向けると、中庭にリリアナの姿があった。小瓶を手にして、ガゼボに出入りしているから、何か魔法の実験でも行っているのだろうか、と思う。

「あ、リリアナならもしかしたら……よし、仕事を手伝いながら話しかけてみよう」

あの丁寧な言葉遣いを思い浮かべると、アリサも納得するかもしれない。無理は承知で

頼んでみようか、とレイジは中庭へと赴いた。

暖かく気持ちの良い天気の下、リリアナは手にした小瓶を太陽光にかざし、中に詰められている花びらを観察していた。

「……うん、いい色してますね♪　この感じなら成功しそうです」

使い込まれた色合いの木箱にそれを納めると、隣の小瓶――何も入っていないそれを引き抜いた。そして、足下に生い茂る花々を見つめ、ひとつひとつ指さしていく。

「あれは少し色合いが悪いですね……あそこのは花の縁が欠けています……あちらはいい感じですが、ちょっとまだ若いかも……」

咲き誇る花や花びらを見ながら実験準備を進めていく。

メイド服のエプロンから別の小瓶を取り出

し、蓋をあけて中の水を数滴注ぎ込む。そして軽く攪拌させながら、真剣な眼差しで経過を見守っていた。

「これで少しずつでも気泡が浮かべば、完成のはずですが……」

その様子をレイジが見ていた。

（そういえば、リリアナだけまだ魅了魔法を習得してないって聞いたけど……なんの実験をしているんだろう？　まぁいいか）

「おーい、リリアナー」

「きゃっ⁉」

不意の声かけに驚いたのか、リリアナは跳ね上がり持っていた小瓶を落とした。

ガラスが割れる音がして中身が飛び散る。

「ご、ごめん！　大丈夫か？」

「レ、レイジさん⁉　い、いえあの……」

「ケガはない？」

「あ、はい、大丈夫です……けどレイジさんは、なんともないですよね？」

「へっ？」

ふわりと嗅いだことのない甘い香りが、レイジの鼻孔をくすぐった。

（花の香り？　それにしては強く香るな。でも嫌じゃない香りだ。とても甘くてかわいらしい、それでいて癒されるような……）

とても魅惑的ないい香りだが、レイジは急に自分の意識が遠のいていくのを感じた。

「あれっなん……で？」

「え……嘘、レイジさん？　魔法に掛かってる……？」

リリアナが目の前にやってきてレイジを心配そうにのぞき込む。

「魔法？　魔法って……？」

謎の香りと脱力感にレイジは目を閉じずにはいられなかった。

「レイジさん……！」

リリアナの声が遠くに聞こえた。


次に目を開けると、先ほどと同じ体勢のリリアナがいて、なぜか顔を赤くしていた。

「あ、あの、私の胸を褒めてくださるのはその……嬉しいのですが……やっぱり恥ずかしいです……」

（……はい？　あ――――！）

声が出ない。身体も思うように動かず、レイジはなぜか魅了魔法に掛かった状態だった。

（え、なんで？　いつ掛けられた？　というか、リリアナの魅了魔法はできていないはずなのに⁉）

「うん……リリアナの胸はとても……いいよ」

「やっぱり、男性に褒められると嬉しいものですね……」

リリアナはハァ……と悩ましげなため息を吐いて、顔を赤く染めていた。

（また好き勝手喋ってるよ、俺）

「あ、こんなところで浸っていてはいけませんね。ごめんなさい、レイジさん。まさか失敗続きの魅了魔法がレイジさんに掛かってしまうなんて、思いもしていませんでした」

（そ、そうなのか……リリアナ本人も成功するとは思っていなかったんだな。失敗中の偶然なのか、それともただ魔法が成功しただけなのか……）

「大丈夫だよ。魔法のおかげで俺の下半身はこんなにも大きくなってしまったけれど」

（何しれっと言ってるんだろうね、俺は。自分で自分を殴りたいわ）

「はい、魔法の効果を発散させないとダメですね！」

リリアナの視線が、チラチラとレイジの下半身に注がれる。

（いやいやいや、ちょっと待ってよ！）

「任せてください！　こういうときのために、私も少しは勉強してきましたから！」

（なにーーーー！）

「それってとても期待しちゃうんだけど……本当に任せて大丈夫かな？」

「もちろんです。さ、先ほど、レイジさんに褒めていただいた胸を使ってみたいと、お、思います！」

（おっぱいを⁉　ど、どういう感じで使ってくれるのだろう……二人の中で一番柔らかそうなおっぱいしてるもんなぁ。やばい、ドキドキしてきた――じゃなくて！　どうにかこの状況から抜け出さないと、これじゃアリサ、ユエルと同じじゃないか！）

「ぬ、脱いでくれますか？　私がすると手が震えて、上手くできないと思いますから」

「ああ、大丈夫」

（大丈夫じゃないーっ‼）

心の中で叫んでも、やはり抵抗することはできない。レイジは言われるがまま下着ごと脱いだ。半勃ちしている肉棒が飛び出す。

「あ……す、すごい。こんなに大きくさせてます」

「もっと大きくなるよ」

（やかましいわ）

「もっと、ですか？　ふあ……」

リリアナは目を潤ませて肉棒を見つめた。見られていると興奮するのか、ピクピクと亀頭が揺れる。

「あら、なんだかかわいいです」

「ありがとう」

「男性の性器は恐ろしいものだと聞いていたのですが、見る限り確かに猛々しくてすごい太さですね。でも、なんだかかわいく見えます。触ってもいいですか？」

「もちろん」

リリアナは気合いを入れると、おずおずとレイジを抱きしめた。

（おお……！）

柔らかくて弾力たっぷりの乳房が、頬に押し付けられる。それと同時にリリアナの匂いに包まれる。先ほど嗅いだ魅了魔法の花の香りに似た、とても甘くて、股間にダイレクトにくる匂いである。

（すごくいい匂い……これは興奮もするけど安らぎも感じるなぁ）

「サマンサ先生から対処法を聞きましたけど、実践するのは難しいですね。ええっと、男性器は……こうでしょうか？」

リリアナの手が、股間に触れてきた。

（うお、手も柔らか！）

ぷにぷにとした柔らかな手指が幹に触れ握る。

「はわわ……す、すごい硬い。身体の一部なのに、こんなにも硬くなるのですね。それに熱いです。わ～……」

興味津々といったふうにこねこねと弄られる。亀頭をやんわり包んだり、カリ首に指を這わせたりして、無意識に刺激するリリアナだった。

「ここ、おしっこ出るところは柔らかい。でもその下の棒はすごい硬い。あ、ここ、こんなに反り返ってます……さわさわ、つんつん」

「はぁ…う、気持ちいいよ、リリアナ」

「わ、すみません！　つい夢中になっておもちゃみたいに触ってしまいました！」

「いいよ、気持ちいいから続けて。あ、おっぱいももっと顔に擦り付けてくれないか」

「はい！」

ふたつの乳房が顔面に押し付けられる。まるでつきたての餅のような柔らかさに、鼻と口が塞がれるが、レイジはこのまま窒息してもいいと思った。

（ユエルやアリサのおっぱいもすごくいいけど、リリアナのおっぱいは格別だ）

グリグリと顔面を押し付けるとリリアナから熱い吐息が漏れた。

「はぁ……ん、レイジさんたらまるで赤ちゃんみたい。ふふ、おっぱい吸いますか？」

「吸いたいですばぶー」

（げっ？　今ばぶーって言ったか？　やめろ、恥ずかしい！　でも吸いたいですばぶー！）

「はいどうぞ」

リリアナは自分で大きな乳房を持ち上げると、乳首をレイジの口元に運んだ。レイジは桜色をした乳首を口に含むと、軽く甘噛みをする。びくん、とリリアナが反応した。

「んっ……そ、それだめ、すごく……びりびりしてきます……」

「痛い？」

「い、いえ全然。でもあの、身体がびくんってなってしまって、腰の辺りがむずむずします」

「それは気持ちいいってことかな？」

「は、はい……あまり、感じたことのない気持ちよさです」

リリアナが顔を真っ赤にしながら言った。

「じゃあもっと気持ち良くなって」

レイジの甘噛みにリリアナは身体を震わせて耐える。

「ん、んん、ふっ……んっ、はぁ……す、すごいです……気持ちいいです。レイジさんのここも、また硬くなってきました」

いつの間にかリリアナの手は、レイジの竿を上下するように擦っていた。

「ああ、私、おっぱい吸われて気持ち良くって、ついレイジさんのおちんぽをシコシコしてしまってます」

「そのままシコシコ続けてほしいですばぶー。おっぱい、もっと舐めるですばぶー」

（いつまでバブってんだよ、俺！　でもすごい気持ちいい……！）

乳輪に舌先を押し付けたまま、ツンと尖っている乳首をゆっくりと舐め上げる。

リリアナはピクピクと震えながら身体を反らせ、先っぽを舌先で弾くと、お尻の辺りがぷるっと震えた。

「はぁ、はぁ、い、今のエッチ過ぎます……あんな感じにされると、声が出ちゃいます」

リリアナはやり返すように、肉棒を強く扱いてきた。

(う、うわ……気持ちいい……!)

「ふふ……さっきのお返しって感じです♪　レイジさんも反撃してください……いっぱい舐めてください……」

レイジは頷くと、リリアナの乳首をぱっくりと咥え込んで、唾液に濡れた舌を強く押し付ける。舌の圧力にも負けずに勃ち上がろうとする乳首を、優しく転がす。

「あ……あ、ん……あは……んく……レイジさん……」

乳首を舌で弾くたび、リリアナの身体が面白いように反応する。押し当てられている乳房が熱くなり、肌に汗が浮かび、頬は真っ赤に染まっていく。うっすらと開いた口元に涎が溜まっていた。

「あふ……ん、わ、私もがんばらなければ……」

リリアナは舌先で唇を湿らせると、肉棒の固さを確かめるように、ギュッと握りしめる。そうして一定のリズムで、肉棒を扱き続けた。

「どうですか、上手……ですか？　私の指、気持ちいいですか？」

「うん、上手……すごく、気持ちいい……！」

「ああ、良かった……ぬるぬるしたものも、たくさん出てきましたね」

鈴口から滲み出した我慢汁は、そのまま竿を伝ってリリアナの手をねっとりと濡らす。

リリアナは目を爛々と輝かせ、息を弾ませながら、肉棒を見つめている。時折生唾を飲み込むのも、半開きになった口元が涎で濡れているのも、とても淫らで興奮させられる。

(こっこれで……これで魔法にかかってなかったらなあ……！)

思いきりキスをして、リリアナの唾液を啜りたい――と、変態的な思考が生まれた瞬間、レイジの口は再び彼女の乳首をしゃぶり始めた。

「ヂュッ、ヂュッ、ぢゅぱっ！」

「ひあっ!? レイジさん、待って……んはっ！ 乳首ダメ……！ 舌で先っぽコロコロされたら……疼いてしまいます！」

リリアナは身体を仰け反らせるが、負けはしないと激しく手で扱いてくる。

(ああ、だめだ、出てしまう……！)

「リリアナ、出るよ！」

「は、はひ！ 私も……んんっ……！」

レイジはリリアナの手の中で思いきり放った。

ビュルッ、ビュルルルルッ！

「きゃわっ⁉　すごっ……顔にまで飛び散って……んっ、ぷ……！　受け止めますから、もっと……！」

ビュルルルッ‼　ドプドプドプッ、ビュッ、ビューーーッ！

噴出した精液は、勢い良くリリアナの顔を濡らしていった。

「く……はぁぁぁ、はぁぁ、ふぅぅぅ……」

「はぁ、はぁぁぁ……す、すごいですね……ドロドロになっちゃいました……」

（う、うわ、ごめん！　こんな出るとは思ってなくて……）

「はぁ、ああ……わ、私も、おっぱい気持ち良くて、はぁ、軽くイッしまいました……」

（えっ！）

見るとリリアナの膝が震えている。レイジは慌てて身体を支えた。

「大丈夫か、リリアナ？」

「は、はい、ありがとうございます。……あら？　もしかしていつものレイジさん？」

「……あれ？　ほんとだ声出てる。戻った」

「よ、良かったぁ～～～」

「ははは、良かった、良かった……って、和んでる場合じゃないな」

「え……ああ、すみません！　魔法が掛かってしまって！」

リリアナは謝るが、問題はそこではない。ユエルの話だとリリアナの魅了魔法は完成さ

れていないらしいが、今レイジは掛かっていた。

しかもリリアナ本人も気づいていないうちに。

「ごめんリリアナ、ちょっと聞いたんだけど、リリアナが使う魅了魔法はまだ完成されてないって……」

リリアナは驚いた顔をしたが、すぐに元に戻って俯いた。

「はい。どうしてでしょうね、魔法の編み方は間違ってないんですけど、失敗が多いです」

「失敗って、主ににどういう失敗なの？」

「え……っと、部屋が爆発したり……ですかね」

レイジはこの館に来たときのことを思い出した。アリサに館を案内されている最中、突然部屋が爆発して中からリリアナが出てきたが……。

「あれって失敗……だったんだ？」

「はい♪」

（怖っ！　い、いやいや落ち着け、あれが失敗ってことは……）

「やっぱり、今俺が掛かっていたのって、成功……」

「そういう……ことになります。私も初めて見たので自信ないんですけど」

「う…そっそうだよね～」

「とりあえず、その汚れた顔や服を着替えてきたらどうだ？」

「だよね！　って、あ、あれ？」

いつの間にか中庭にはサマンサがいて、二人を呆れながら見ていた。

「リリアナの言った通り、魔法の編み方は合っているんだ」

シャワーを浴びた後、レイジとリリアナは、一緒にサマンサの部屋に来ていた。リリアナだけが魅了魔法を習得していないのは、当然サマンサは知っていたが、本人に任せていたという。

「一旦、教えることで手放した魔法は、受け継いだ本人がどうにかする責任があるからね」

「はい、そう教えていただきました。ですから、ずっと……」

「ずっと、がんばっていたんだね」

レイジの言葉に頬を染めて頷く。

「でも私は、アリサさんやユエルさんみたいに、魔法のセンスがないのではと、最近思っています」

消極的な言葉に、サマンサが首を振った。

「確かにあの二人は魔法使いの素質がある。特にアリサは……まぁいい。アリサについてはまた今度だ。だけど、リリアナだって大したものだ。誰よりも魅了魔法のことを理解して一番に取り組んだじゃないか」

「つまり誰よりも努力家ってことだな」

二人に言われてリリアナが「そんな、そんな」と恐縮する。

「さっきも言ったが、魔法の編み方は間違っていない。むしろ正確過ぎるほどだ。おそらく足りないとすれば……」

サマンサがレイジを見る。

「レイジ、しばらくリリアナの魔法に付き合ってやってくれ」

「え、俺？」

「偶然とはいえ成功したことは確かだ。君がいれば、何かリリアナにヒントを与えてくれるかもしれない」

「でもさっきも何もしてないんだけど」

「かまわないよ、自然体で。しばらくリリアナの中庭の仕事を手伝いながら……という感じで頼む」

「はぁ……俺はいいけど……って、リリアナ？　大丈夫か？」

見るとリリアナが震えている。先ほどの魅了魔法での行為で具合が悪くなったのか、レイジが心配するが……。

「ぜひ、ぜひお願いします、レイジさん！　レイジさんがいると、魔法が成功しそうな気がするんです！」

「あ、あうん、はい」

サマンサが苦笑した。

「嬉しくて震えていたのか」

◆◆

数日後、アリサは面白くなさそうに中庭を眺めていた。

「仕方ないだろう、リリアナだけ魅了魔法を習得できていないのだから」

隣でユエルが宥める。

「わかってる。けど、あんなに仲良しさんになる必要ないじゃない」

アリサの目線の先、中庭では、リリアナの花の手入れを甲斐甲斐しく手伝うレイジの姿があった。

この数日間、サマンサの命令で、レイジはずっとリリアナにつきっきりだった。いくら仲間のためとはいえ、大好きなレイジを独り占めされている。頭ではわかっているが、アリサはヤキモチを焼いていた。

「アリサはレイジのことが好きなのか？」

「好き。ていうか恋人同士だし」

「即答……そ、そうなのか、恋人同士……」

ユエルはぬいぐるみのマヌケを抱きしめながら、レイジを見る。

（そんなそぶりは見たことないが……やはりレイジの言った通り、アリサは何か勘違いをしているのか。だとしたら、早く誤解を解いたほうがいいぞ、レイジ……）

そこへ使い魔たちがやってきた。仕事をさぼっている二人の足をつつき、仕事に戻れと急かしているようだ。

「わかってるって。ゴルドさんとニーナ連れて買い出しでしょ？　もー、二人で行ってくれたら楽なのに」

「ゴルドは魔法局に捕まったからな。サマンサの弟子が付いてないと外出はできない」

「はぁい、わかってます。行ってきます。ユエルちゃんも館の修繕するんでしょー」

「案ずるな、首尾良くやってる」

「む～～～」

アリサは、もう一度レイジを恨めしく見ると、厨房に帰っていった。

「まったく、のんきに花なぞ弄っている場合か、あの男」

そう呟くと、ユエルも館の中に戻っていった。

「……あれ？　今アリサとユエルがいたような？」

「どうかしましたか？　レイジさん」

館のほうを見ると、ユエルが中に入っていくところだった。レイジはリリアナが心配で二人が見に来たのだろうと思う。

「レイジさんは、アリサさんのことが好きなのですか？」

「はっ？　な、なんで急にそんな話？」

「いえあの、この館に来てすぐにアリサさんと打ち解けて見えましたから」

「いやいやいや、それはたぶん誤解だよ。俺とアリサは……」

——なんでもない、と言いかけてやめる。彼女のことは嫌いではないからだ。だが、誰かと真面目に付きあうのは自分に掛けられた「呪い」が解けてからだと決めている。

（そのうえで、魅了魔法なしで、好きになれたら最高なんだけどな）

今の調子では、まだまだ呪いは解けそうにない。

「えーっと、うん、俺とアリサはそういう関係じゃないよ」

「そう……なのですか？　でもアリサさんは……」

「あ、うん。それでちょっと困っていて。迷惑じゃないんだけど、彼女が誤解したままで」

レイジはこれまでの経緯をかいつまんで説明した。もちろんユエルのことにも触れたが、リリアナは真面目に聞いていた。

「――そうだったのですね。ユエルさんは、なんとなくわかりました。サマンサ先生に魅了魔法が効いたと聞きましたから、おそらくレイジさんが助けたのでは、と」

「ほとんど何もしてないけどね」

「いえ、ユエルさん、すごく喜んでましたよ。そっかぁ……うん、じゃ私もレイジさんに頼んで良かったです」

「や、待って。まだ偶然で成功しただけだし、今後も同じようになるとは……」

「わかってます。ふふ、大丈夫ですよ、魔法が成功しても失敗しても、レイジさんのせいじゃありません。むしろ付き合ってもらって感謝です。どっちにしろちゃんと結果は出しますから」

「そ、そう？　それならまぁ」

（もし失敗が続いたらどうするんだろう？　まさか魔女、辞めるのかな……）

消極的になったリリアナを思い出して、レイジは少し不安になりながらも、庭の手入れを続けた。


その後、リリアナはレイジと一緒に部屋で魅了魔法の実験をするが……。

「ふふ……レイジさんのオチンチン、熱いです♪　んっ、んん……硬い……それにドンドン大きくなってます……ん、はぁ……あ、んあっ、ああ……あ、くふぅうん♪」

「ちょ、ちょっと待って、リリアナ！ なんで自分の魔法に自分が掛かるかなぁ⁉」

リリアナの魔法はある意味成功したのだが、リリアナ本人が掛かってしまった。魔法により興奮したリリアナは、はしたなくもベッドの上で自らレイジを誘うのだった。

「んん……オチンチン、ビクビク跳ねて……んっ、はぁあ……♪ ドキドキしちゃいます……レイジさんの、すごい……♪ ほら、見てください……胸でズリズリするとオチンチン嬉しそうです……♪ あん、んっ……ふぁぁああ♪」

嬉しそうに胸で肉棒を扱いていくリリアナに、戸惑いながらもその快感に身を委ねてしまう。

（せめて俺が魔法に掛かっていたらいいんだけど、俺シラフでリリアナがこれじゃ、恥ずかし過ぎるよ！）

「待って、ちょ……うあ、くっ！」

「待ってなんて意地悪いわないでください。でないと、オチンチンなんてこうしちゃいますよ！ はむっ♪ ん、んちゅれろ……ちゅ、ちゅむ、ちゅぷん♪」

「うはっ！ ちょ、リリアナ……そんないきなり……くっ、うう……っ」

「レイジさんはジッとしててください……んちゅ、ちゅる……ちゅくちゅぱ……はぁ……オチンチン、エッチな味がしてます……ん♪」

ペニスを口いっぱいに咥え込み、奉仕を続けていく。音を立てて啜り上げたかと思うと、巧みにに舌を動かして亀頭を美味しそうに舐る。レイジの腰が蕩けていく。

「んちゅ、ちゅぷ……オチンチン、ドンドン硬くなってまふ……ちゅ、ちゅぅ♪」

「り、リリアナ、待って、お願い……いぅ……」

竿を挟み込んでくる乳圧と普段の様子からは信じられないリリアナのいやらしさに、先端から溢れてくる先走り。

「あ、はぁ……♪　おっぱい、レイジさんのでベトベトに……ん、んあっ……あぁぁ……

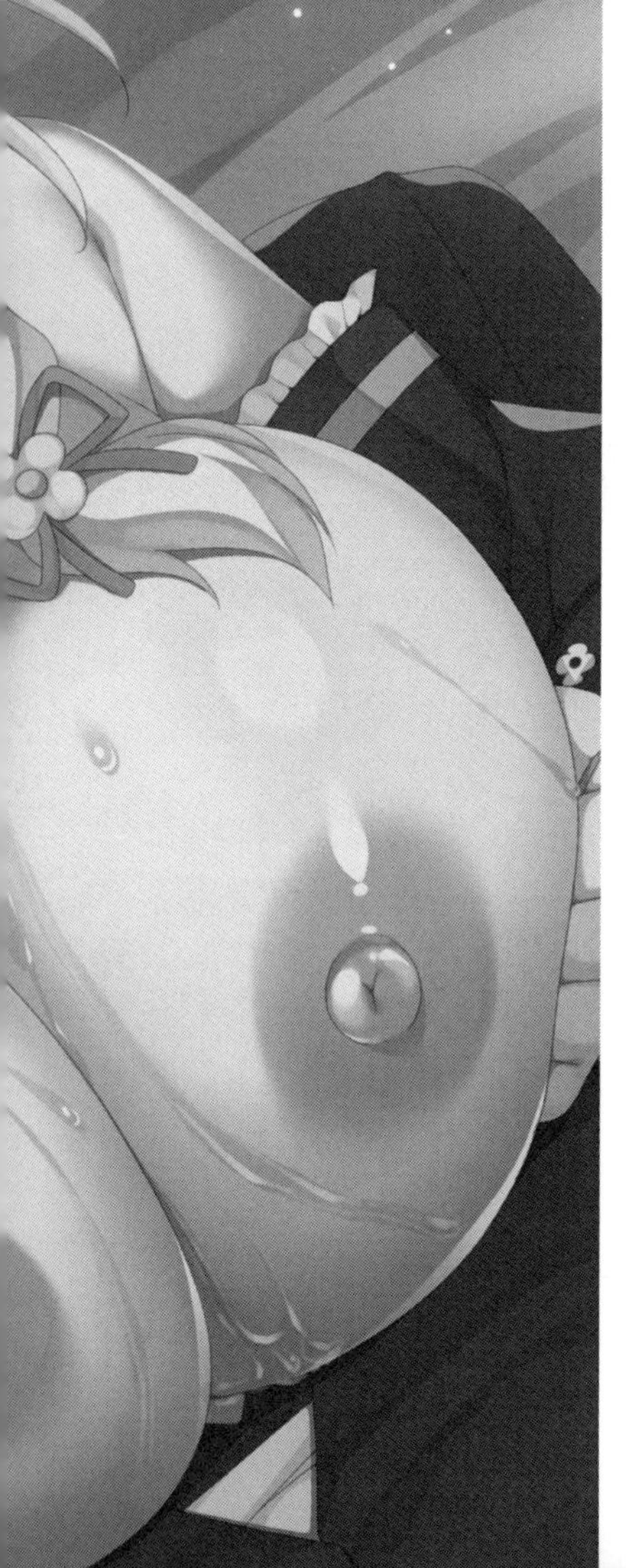

いやらしい匂いも、強くなってます……♪　んちゅ、ちゅぷれる……ちゅ、ちゅくん♪」

胸の中でグニグニと揉まれ、扱かれていく肉棒。リリアナの熱い吐息が亀頭を刺激し、鼻息が荒くなってしまう。

「オチンチン、ドンドン大きくなって……んっ、んん……私も興奮してきちゃいます……あ、んあっ、ああ……あふ……んああ♪」

先端を舌で舐め上げ、竿を胸で奉仕しながらうっとりとした表情を浮かべるリリアナ。

（と、ともかく今はリリアナの好きにさせよう……時間が経てばきっと元に戻るだろうし）

今までのことを鑑みて合理的に出た結論なのか、それともただ欲望に流されて出てきた結論なのか、レイジは兎にも角にもリリアナのされるがままに、快感の渦へと沈んでいった。

「はぁむ、あむ、はむ……ん、んじゅ、じゅぷる……ちゅ、ちゅくじゅるれるる♪」

「り、リリアナ、口を離してくれ……このままじゃ……っ」

「んちゅ、ちゅ、ちゅぅ……ふふっ♪　オチンチン、ビクビク大きくなってますね……もしかして、出ちゃいそうなんですか？」

「あ、ああ……だから口を……このままだとリリアナの口の中に、出ちまうから……っ」

「いいですよ、このまま出しちゃいましょう♪　んちゅ、ちゅ、れろれろん♪　我慢しないでいいですからね……熱くて濃いの、いっぱい飲ませてください……♪」

「い、いっぱい飲ませて……うぐっ、うう……っ」

言葉と、そして口でいやらしくおねだりされ腰がガクガクと震えてしまう。

「ん、んん……オチンチン、暴れて……あ、はぁ……おっぱい、熱い……んちゅ、れろれる……んっ、んああ……あむ……んんんっ」

「んっ、くちゅちゅぷ……むふぅ……♪　ん、んちゅる、ずちゅるるゅ……ん、んふぅ……んちゅれろ、ちゅ……んちゅぅううう♪」

口を離すどころか射精を導くように舌で亀頭や尿道を刺激し、胸で竿を扱き上げていく。

リリアナの激しい奉仕活動に射精感が増す。

「リリアナ、出る……よ」

「ちゅぷ？　ではお口でどうぞ～。あむん、ちゅぶちゅぶちゅぼっ！　ちゅぼちゅぼ！」

「うあああ、で、出る！　そんなにしゃぶったら、出る…………ううっ！」

レイジは身体を強張らせて、精液を放った。

――どぴゅる、どぷっ！

「ひゃあんっ！　ああ、熱いのいっぱい出てきて……あむん、ちゅちゅ、ちゅるるる～」

放出中の亀頭を吸われ、レイジの腰が浮いた。

「ああ、だめ、だよ、リリアナ！　出てるのに！　うあ！」

ドクドクドク……！

「んぶ！　んんん～～～んくんく、ちゅぱ！　ちゅぽちゅぽ」

リリアナは、放たれた精液を美味しそうに啜り上げていく。

「じゅるるるる！　じゅぽっじゅぽっ！　んんん～んく！　じゅるじゅる」

「うあっああ……っ！」

放った白濁液はリリアナの顔や髪を濡らして、やがて収まった。

「ん……はぁ、はぁ、はぁ、はぁ～」

「はぁ～～～～♪　たくさん、出ましたね、レイジさん」

「そ、そうだね、ごめん……」

「どうして謝るのですか？　私はとっても嬉しいです。私のお口やおっぱいが気持ち良かったってことですから」

「そ、そうだね。すんごい気持ち良かったよ」

できればこれで、リリアナが自身に掛けた魔法が解けてくれることを願ったが、そうはいかなかった。

「でもまだ出したりないみたいです」

「はっ⁉」

見ると、己の愚息は、あれだけ射精したというのにまだ勃起している。

（ま、まさか？　魔法に掛かったリリアナにしゃぶられたからか？　それともただ単に性欲旺盛なだけ？）

「わ～～♪　まだこんなにビンビンですよ？　ふふふ。じゃあ、次は私のおまんこでイッてくださいね♪」

「……………ええっ？　や、待って！　そういうのは正気のときのほうが⁉」

「私は正気です！　たぶん！」

「正気じゃないから！　魔法に掛かってるから！」

「ふふ、大丈夫です。このましちゃいましょう？　レイジさんはお嫌ですか……？」

こんなかわいい子に迫られて嫌なハズがない……のだけれど、それは素の状態での話だ。魔法にかかってる状態で、こんな騙し討ちみたいなのは、やはり気が咎める。

だが、性欲は、早くリリアナの蜜壺に突っ込みたいと急かしている。

「黙ってるってことは、いいってことですよね？　私、もう我慢できないんです……っ」

「うあっ、ちょ……リリアナ……ほ、本当にいいのか？　初めてなんじゃ……」

「はい、そうですけど……んっ、はぁ……レイジさんになら、いいんです……私の初めて、貰ってください……♪」

リリアナはゆっくりとレイジに跨がると、自ら愛液ですっかり濡れている肉襞の中へ誘った。にちゅっ……と水音がして、亀頭が熱くて柔らかい花弁に触れる。

「うぁ……」

「ん、んあ、あ、ああ……オチンチン、グイグイ入って……ふあ、あ、ああああ……っ」

リリアナはそのまま、重力に任せて腰を下ろしていき——。

「んぐっ、あっ……ふあぁぁあああんっ！　んっ、んん……硬くて太いオチンチン、入りましたぁ……あっ、あふ……う、うぐ……ん、んぁああ……っ」

ズプズプっとリリアナの膣内へと潜り込んでいく肉棒。結合部からは彼女の初めての証、破瓜の血が見て取れた。

「はぁっ……あ……リリアナ、大丈夫か……？」

「んっ、はぁ……おまんこ、ジンジンしてますけど、大丈夫です……ん、んあ……」

リリアナは初めての痛みに震えながらも嬉しそうだ。そんな彼女に呼応するように膣壁もビクビクと震え、肉棒へと甘い刺激を与えてくる。

（うあ、ユエルのときとは違う狭さと柔らかさだ……気持ち良くて、腰が勝手に動いてしまう……！）

「んぐっ、ん、くふぅ……♪　オチンチンすごい……ん、んん……私の中でビクビク震えて……ああ、初めてなのに、気持ちいい♪」

「だ、大丈夫なのか？　初めてなんだし、無理しなくても……」

「大丈夫です……ん、ふぅ……痛さよりも気持ちいいのと嬉しいのが強くて。だから、レイジさん、動いてください」

ゆるゆると肉襞に擦られて、レイジも限界だった。申し訳ないと思いつつ、リリアナの腰を掴んで下から突き上げるようにして動いた。

「あぁあん！　あん、はあぁぁん！　す。すごっ……いい、お、オチンチン……私のオマンコ、押し広げて……奥まれぇええ、んあああっ！　あふ……ん、ああんっ！」

音を立てながら肉棒を咥え込んでいく熱い膣内。抽送のたびに肉襞が竿へ絡みついていく。

「はぁ、あああん！　オチンチンが出たり入ったりしてますぅ！　んはぁああんっ♪」

リリアナ自ら上下に動き、レイジの突きと連動させていく。真っ赤な竿が蜜壺に出入りして、リリアナの襞がめくれ上がるのが見える。

（うぁ、エロい……！）

リズミカルにパンパンと音が鳴り出す。リリアナはその音に恥ずかしそうにしながらも、嬉しいようだ。

「んあっ、あっあっあん！、オチンチン、出たり入ったり……んっ、くふぅ……おまんこ、ゴリゴリって擦ってます。やっ、ああ……これすごい！　あっ、ああ…あぁああ……♪」

身体を震わせながら喘ぎ声を上げていくリリアナに、ますます肉棒が怒張する。一度射精しているとは思えないくらい大きくなってリリアナの膣内を蹂躙する。

「おっ奥までオチンチン、届いてます……！　ん、んあ、あ、はぁ……初めてなのに、こんな気持ちいいなんて！　ひぁっ、や……あひぃいいんっ♪」

　リリアナの身体が弾むたびに大きな胸も盛大に揺れた。

　下半身の刺激と、目に見える艶姿にまたしても射精感が高まっていく。レイジは激しく、腰を打ち付けるようにして、下から突き上げる。

「んあぁあ！　ああん！　すごっ、レイジさんのがズンズンって奥まで……！　はげ、しいの、好き……好きぃ！　はああん！　こんなの、ダメですぅ……！」

「はぁ、はぁ、とてもいいよリリアナ。またイキそうだ」

「わ、私も……こんなに気持ちいいの、初めてぇ！　ああ、あはっあんっあんっ！　な、何かきます……！」

　リリアナはガクガクと身体を揺らしながら切羽詰まった声を上げた。

　同時に、ぎゅうっと肉壁が四方から締まりだす。

「出すよ、リリアナ！」

「は、はい！　出して……出してくださいっ、私の中に熱いのドピュドピュってぇ……はっ、ひあっ、あ、ああ……や、やん、んっ、んあぁあああ……！」

　ギュウギュウと締め付けてくる膣壁。精液をねだる様なその脈動にレイジは耐えきれなくなった。

　ドピュウ！　ビュルルルルル！

「ひあぁあああんっ！　んあっ、ふあぁああああああっ‼」

レイジの頭の中がチカチカとスパークしたように光って、射精した。

リリアナも一緒に絶頂に達したようだ。足の指に力が入り突っ張る。

「はああっ！　はぁ、ああ、あひっ！　わ、私の中に、熱い精液がいっぱい……！　はぁ、あはぁ、んんんっ、注ぎ込まれています！」

ビュクビュクビュク……ドク……！

最後の一滴まで絞り取るような襞の動きに、レイジは呻く。やがて果てなく思えた快感は収まり、射精も止まった。

「はぁ、はぁ、はぁ、すごい……気持ち……いいぃ」

リリアナは夢見るようにそう言うと、ポスン、とレイジの胸に身体を預けた。

「はぁ、はぁ………え？　リリアナ？」

「く～～……すや～～～」

「うそ？　寝てる！」

これも魔法の効果なのかわからないが、事が済んだ後すぐにリリアナは眠ってしまった。

レイジは仕方なく身体をそっと離すと、リリアナの身体を綺麗に拭いてベッドに寝かせた。

「謎だらけだな、リリアナの魅了魔法は。それとも間違って自分が掛かったらこんなふうに眠たくなるんだろうか？」

　いずれにせよ、リリアナが起きたら、欲望に任せてセックスをしたことを謝らなければ、と思うレイジであった。

「本当にすみませんでした」

　眠りから覚めたリリアナは、サマンサの部屋でレイジに謝っていた。魔法に掛かっていない状態のレイジとセックスをしてしまった。リリアナの顔は火が付きそうなほど真っ赤になっている。

　サマンサがそんなリリアナを労った。

「自分で自分の魔法に掛かるなんて、なかなかできないことだぞ。もしかして成功を通り越したか？」

「先生、からかわないでください」

　泣きそうになるリリアナを一笑する。

「まぁレイジも役得だったというわけで」

「ですね、ってそんなわけないでしょ？　俺は……逆にリリアナに申し訳ないよ」

「レイジさんが悪いんじゃありません！　私が、役立たずの魔法使いだから……！」

「自分のことをそんなふうに言っちゃいけないよ」

サマンサに言われてしょんぼりとなる。

「ふむ。このままでは、スケベなレイジはともかく、リリアナの身が持たないのは確かだな。セックスをした後眠ってしまったのも、魔法を完成させようと意気込む余り疲労が溜まっていた証拠だ」

「なんか軽くディスられたけど、うん、俺もそう思うよリリアナ。魅了魔法の実験は少し休んだほうがいい」

「でも……！　せっかく光が見えたんです。成功する光が。だから……このまま続けさせてください」

レイジは言葉に詰まった。確かに方向は微妙に違うが、一緒にいると成功する可能性が高いのがわかる。

だが、それだけリリアナの身体に負担をかけてしまっていることも事実だ。どうすれば一番いいのか悩んでしまう。

不意にサマンサがリリアナの肩を叩いた。

「リリアナは、魅了魔法を使ってどうしたい？」

「……え？」

レイジも顔を上げた。

「アリサやユエルには、魅了魔法を使ってあることを成し遂げるという明確な理由がある。リリアナは？」

そう問われて、初めてリリアナの目が泳いだ。まるで、習得することばかりに気を取られ。目的を見失っていたかのような、不安げな表情になる。レイジが問う。

「目的……それって重要なのか？」

「ああ。魔法を掛けるということは、何かの理由があってだ。些細なことから、壮大な夢まで、それを叶えるために魔法を使う。だが目的がないまま魔法を使ってしまったら、どうだろう？」

レイジが首を傾げた。

「魔法は完成しない……？　というか、掛からない？」

レイジの答えに、リリアナがハッとする。

「私、私が叶えたい目的……考えていませんでした」

「えっ⁉」

「リリアナ。レイジが来る前と、レイジが来てから魔法の実験に付き合ってくれて、曲がりなりにも成功をしている今。何が違うと思うかい？」

「目的……です」

「そういうことだ」

「え、え？　えっと？　つまり？」

二人の会話にレイジがキョロキョロとした。リリアナが恥ずかしそうに言う。

「私はレイジが来る前までは、目的もなく、ただただ魔法を途中まで正確に編んでいました。けれど、目的がない魔法は行き場を失い爆発するしかなかったんです。ですが、レイジさんが来てからは……私は心のどこかで密かに、レイジさんに掛かれと、目的を持って実験していました」

「ああ、わかった！　そういうことか！　俺が目的になってたんだな？」

レイジがようやく納得したかのように手をひとつポン、と打った。

「は、はい」

リリアナが恥ずかしそうにうつむく横で、サマンサが呆れた。

「今頃気づいたのか。だから付き合ってやってくれと言ったのだ」

「お、おう、すまんな」

「これでわかっただろう？　リリアナ。今、お前が習得したい魅了魔法の目的はなんだ？」

リリアナは軽く深呼吸をすると、ハッキリと答えた。

「はい。花の香りを使って、レイジさんを魅了したいです」

それからすぐに、サマンサ立ち会いの下、リリアナの魅了魔法実験が行われた。

いつも通り美しい花々を小瓶に入れ、植物エキスとブレンドしていき、呪文を唱える。

魔法の編み方に全く問題はないのか、サマンサは満足げに頷いた。

リリアナはできたての花の香りを試験管に詰めて封をした。

「それでは、レイジさん。お願いします」

「わかった」

レイジは試験管を受け取ると、静かに封を開けた。ふわりと、嗅いだことのある良い花の香りが立ち上る。リリアナが別の呪文を唱えた。

（う……きたか）

レイジの身体が動かなくなる。言葉を出そうにも声も出ない。魅了魔法に掛かったのだ。

リリアナが額の汗を拭いながら静かに言う。

「できました……」

「うむ、見事だ。淀みない魔力の流れ、これを失敗としたら世の中の魔法は失敗だらけだよ。というか自分でも手応えを感じてるんじゃないか？」

「は、はい！　なんというか初めての感覚で……しっかりレイジさんと魔力が繋がっている気がします」

「うむ、それでいい。それで？　どんな命令を下してるんだ？」

「ええっと……レイジさん、説明してくれますか？」

「わかったよリリアナ」

リリアナの問いかけに対して、新たに作り出されたレイジの別人格が頷く。

（彼女が下した命令を俺は知らないんだけど、答えるんだろうか？　しかし魅了魔法に掛かって初めてまともな成果に思えるな。いつもはすぐにエッチなことしてたから……）

「俺は今、リリアナに絶対的な忠誠を誓っている。それはまるで姫に仕える騎士のように」

「あら？　ええっと、そうでしたっけ……？」

「ああ、そうだぞ」

リリアナははレイジの答えに困惑した。

（んん？　魔法は成功したんじゃないのか……？）

サマンサが笑いを堪えながら訊ねた。

「実際はどうなんだ？」

「えっと……私のお願いは断らない様にって念じたんですけど……」

「ああ、俺はリリアナの願いなら命に代えても叶えてやるぞ」

「……なんだか微妙にずれているというか、過激になってる気がします」

サマンサが堪えきれず吹き出した。

「ははは。なあに、これは単純にリリアナ、そしてレイジの想いが強いからこうなっただけなのだろうさ」

「そ、そうなのですか？　でもこれって」

「互いのそのときの精神状態によって控えめだったり過激になるだけで、答える内容は同じってことだ。つまり、成功だよ。おめでとうリリアナ」

リリアナは一瞬固まって、ようやく理解した。両手を上げ喜ぶ。

「やった〜〜〜！」

「やったー、やったー」

魅了魔法状態のレイジも無表情で万歳した。

◆◆

リリアナが魅了魔法を成功させ、習得してから数日後。二人の実験はまだ続いていた。

「はぁ、ふぅ……そ、それでは始めます……！」

「そんなに緊張しなくてもいいんじゃないか？　もう魔法はちゃんと使えるようになったんだし」

「それはそれ、これはこれなんです！」

「は、はい」

有無を言わせぬ雰囲気に頷くことしかできない。レイジは、新たな実験に付き合ってほしいと言われ、断る理由もないので協力していた。

(いったい俺はどんな魅了魔法をかけられるんだ？　リリアナのことは信じているが、少し不安だ……)

そんなことを思っている間にも部屋に充満していく魔法の香り。リリアナも目を閉じ、集中している。そんな彼女に引っ張られるように身体が動かなくなっていく。

(うお……今回はちょっときついような……)

レイジの感覚では身体が揺れているように感じるが、実際は直立不動だ。強めの魔法に掛かっているときに、身体がユラユラと揺れているように感じるのだ。

「レイジさん、大丈夫ですか？」

リリアナの声が聞こえて目を開けた。どうやらレイジはベッドに腰かけているようだ。

「あの……レイジさん。何か言ってくれませんか……？」

そんな彼女の問いかけに、魔法が掛かったレイジは何も答えようとしない。

(どうしたんだ？　まさか失敗……？)

「まさか失敗したのか？　まさか失敗したのか？　って、あれ？」

「やった……！」

レイジは辺りを見回した。

「今、俺自分の意思で喋ってる？　あれ？　なんでだ？　魔法は掛かってるよな？」

「はい！　しっかり私の魔力がレイジさんに流れてるのを感じます。ふふふ〜」

リリアナは嬉しそうに笑った。

「今回は対象の意識は保ったまま魔法をかけてみようかと思いまして……」

「そ、そんなことできるのか？　いや、実際にできてるみたいだけど……」

「『意識を保ったまま』って目的を強く持てばできるんじゃないかとやってみたら、できましたね！　良かった〜」

「な、なるほど……」

レイジは納得した。少し前までは方向性が微妙に違う成功しかできていなかったが、今じゃここまで……すごい進歩だと、素直に感心してしまう。

「ところで身体が熱いんだけど、これってどういう効果が出てくるんだ？」

意識はそのまま、身体の自由も利く。どこも変わったところはない気がする。唯一からだが熱いことを除けば。

「はい。最近レイジさんは少しお疲れに見えたので元気が出る様に……ってかけてみたんですけど……」

そう言いながら頬を染めるリリアナ。その視線はチラチラとレイジの下腹部へと向けられていた。視線を辿ると、自分の股間が思いきり勃起していた。

「なんじゃこりゃあ⁉　お、俺のチンコが何もしてないのにビンビンに……！」

「ご、ごめんなさい。『元気が出る』って目的がちょっと曖昧だったみたいです」

「そ、そっかぁ、うん。すっごい元気にはなってるね。というか、魅了魔法って術者の精神状態に左右されるんだよな？　それじゃあこれってもしかして……」

「ええっと……その……え、えへへ」

誤魔化す様に微笑みながらも、リリアナの視線は股間に釘付けのままだ。

「じゃあ、元気になったみたいだから、試してみる？　なんちゃって……」

「はい♪」

「ええ、いいの⁉　俺またシラフのままだけど……」

「いいんです。魔法に掛かった状態だと、レイジさんの本音が聞けないでしょう？　だからこれでいいんです」

リリアナはそう断言すると、レイジにしがみついた。レイジもリリアナの身体を抱きしめる。そうしてゆっくりと互いの身体を探り始めた。

「はぁ……ん、レイジさんのオチンチン、おっきい……私の魔法で、こんなになっちゃったんですよね……」

レイジの上に跨り、早速ズボンから勃起した肉棒を取り出す。亀頭に感じる彼女の吐息にゾクゾクと背筋に快感が走った。

「ふふ、ビクビクって力強く脈打ってます♪　いつ見ても逞しいですね……これがいつも、私の中に……くんくん……んぁ、はふぅ……エッチな匂い、いっぱい……それにすごく濃くて、頭クラクラしちゃいます♪」

うっとりとした声を漏らしながら、まるで観察する様にリリアナは肉棒を確かめていく。

「先っぽがパンパンに膨らんでますね……それにエッチなお汁もこぼれてきていやらしい匂い、強くなってます」

亀頭に触れる吐息が熱を増していくのを感じる。

「もしかして、いつもより興奮してる？　リリアナも花の香りに掛かったんじゃゃ……」

「はうっ……そ、そうかもしれませんね。レイジさんのオチンチンが元気になってるのも私の精神状態が影響してるみたいですし……これは新たな課題の発見です！　室内で使うときは防御方法もちゃんと考えないと……」

リリアナは真面目にブツブツと呟くが、その間も彼女の吐息が亀頭をサワサワと刺激していく。

「り、リリアナ……反省会するのは後にして、もうそろそろ……」

レイジは、もどかしい刺激にたまらずおねだりをしてしまう。

「あ、そうでした！　それでは早速……あむ……んっ、んちゅう♪　ちゅぷれろ……ちゅ、ちゅる……オチンチン、やっぱりおっきい……口の中にいっぱいになって……んちゅ、ちゅ、ちゅくぅ……れりゅれろん♪」

「うあっ、くぅ……焦らされてたぶん、刺激が……っ」

亀頭を口に含まれ、リリアナの小さな舌が先端を這い回っていく。ヌルヌルとしていて、それでいて熱く力強い舌の動きにたまらない快感が身体を震わせた。

「んあぁ♪　あ、あむ……ん、んん～♪　んちゅくちゅ……ちゅ、ちゅぷ……れおれろ」

リリアナは熱心に肉棒をしゃぶる。口を動かすたびにジュプジュプと水音が耳に届き、そのいやらしさにますます興奮が高まってしまう。

「ん、んん♪　オチンチン、すごく気持ちよさそうです。先っぽからエッチなお汁、ドンドン溢れてきて……ん、んぐっ、ん、んん……すごい……おいしい……」

「うう、すごいよ、リリアナ。しゃぶるのだんだん上手になってきたね」

「はい！　日々勉強していますから。んちゅ、れろ……ちゅぷちゅく……ちゅっちゅぅ……んっ、れるれりゅ……じゅちゅ、じゅるるん♪」

亀頭を口いっぱいに頬張り、舌での愛撫を続けていく。舌以外にも唇を使った扱きや、我慢汁を吸い出そうとするバキュームで与えられる刺激に全身が蕩けそうになる。

「んん、ぷはっ、我慢汁たくさん出てきました。もっと吸い出してあげますね」

我が意を得たりとばかりにリリアナは尿道、そしてその周辺への愛撫を強めていく。レ

イジはその的確で激しい口奉仕に翻弄されっぱなしだ。自然と腰が動き、リリアナの口の中を肉棒が蹂躙していく。

「んむっ、んっ……んちゅ、くちゅるぷ♪　んっ、んぷ、んはぁ……あむっ……ちゅっ……れろれろ……じゅりゅるるん♪」

いやらしい水音を部屋へと響かせながら絶え間ない快感を与えてくる。このままだとそう遠くない内に限界が訪れそうだ。

（とはいえ、されるがままじゃ男が廃（すた）る。ここは俺も反撃せねば……！）

目の前にはリリアナの赤い花弁がある。ペニスを舐めている内に興奮してきてたのか、そこは熱く潤んでいた。レイジは引き寄せられるようにして、舌を伸ばし、花弁をほぐす。

リリアナの背中がしなやかにくねり出した。

「んむぅあぁああっ？　んはぁっ……ああ、

急にそんな、舐めちゃダメ……んっ、んむっ、むあ、はぁ……んふあぁぁあああんっ、レイジさんの舌が、生き物みたいに、はぁ、あああんっんんっ動くぅうん」

蜜を溢れさせる秘部へと舌を這わしていく。

「んあ、あっ、ああ……舌、気持ちいいところ擦って……んむっ、ん……んあぁ……そこダメ……ダメぇ……ん、ふあぁぁああっ♪」

愛液を絡めながら秘裂を舐め上げ、そのまま硬くなり始めていた陰核を舌で刺激していく。リリアナの身体が震える。

「やっ、あ、ああ……吸われてます……私のおまんこ、ジュルジュルって……ひう、ん、んむ……んっ、んあ、ああ……♪」

陰核を責められ、気持ちよさそうに喘ぎながらも肉棒を口から離そうとしない。絶頂を堪えるかのように、ペニスをしゃぶる。

「ん、んあっ、あ、はぁ……♪　あむぅ……ん、んじゅ、じゅぷる……ちゅ、ちゅう♪　ん、あむぅ……ん、んじゅれろん♪」

やがて、互いは夢中になって秘部を舐めあい、絶頂を迎える。

「ひあぁあああっ！　や、だめ、おまめ、甘噛みされて……んんっ、ん、んんぅ……んあっ、あっ、はぁ……あああっ」

「俺も、そろそろ出そう……！」

「は、はひ！　い、一緒に、一緒に……！」

リリアナは陰茎を啜り、レイジは女芯に舌を這わせ吸う。やがて声にならない嬌声を上げて、二人は同時に達した。

「んあああああああっ……！」

ドクドクドクッ！

放出する精液を浴びながらリリアナが腰をくねらせて悶えた。

レイジは存分に精液を放ったが、ペニスは衰えることはなかった。これも魔法の成果かと思うが、最近は、ただ自分の性欲が強いだけかも、と思っている。

リリアナを窓際に立たせて、そのまま愛液溢れる蜜壺の中へ挿入した。

「んあっ！　ふあぁあああんっ♪　やっ、お、奥までくるぅ！」

リリアナの中は十分に潤い、侵入してきたペニスをまるで押し返すかのように締め付け、擦ってくる。

「はっ、あ、ああ……レイジさんのオチンチンが、ズブズブって入ってきて……出したばかりなのに、すごいです……んっ、んあ、はっ、はぁ……あ、ああ♪　お腹の奥、押し上げられて……あっ、ああ……んくぅうんっ♪」

まだ入れたばかりだというのに激しく身体を震わせる。レイジは暴発しないよう下腹部に力を込めながら、ゆっくりと腰を動かし始めた。

「んあっ、やっ、やぁぁ……オチンチン、ゆっくり動いてるから……形はっきりわかって……んあっ、あ、ひくぅん」

腰を引き離せば逃さないとばかりに肉襞が絡みつき、逆に突き入れれば包み込むような温もりと強い力で締め付けられる。レイジは我を忘れて腰を振り出した。

「あん、あんあぁっ！　はぁああん！　わ、私のおまんこ、オチンチンがズポズポってしてぇ……んっ、んん……激し……あん！」

ひと突き毎に蕩けた蜜壺がいやらしい音を奏で出す。結合部は数度の突き上げでグチョグチョに濡れ、漏れ出す愛液が太ももを濡らしていった。

「はっ、はぁ……あ、ああ、オチンチンすごい……この角度、気持ちいいところにズンズン当たって……んあっ、あ、ああ……これダメ……おかしくなっちゃいますぅっ！」

パンパンと小気味いい音を立てながら続けていく抽送。そのたびに窓に押し付けられた胸は形を変え、後ろから見てるだけでもいやらしく映る。

「いいよ、リリアナ、すっごく気持ちいい」

「はぁっ、はうん！　私も……！　あぁあ、おっぱい擦れて乳首、潰れちゃってます……んくっ、あ、ひああっ」

リリアナの喘ぎ声を聞きながら腰を突き入れていく。

部屋に響く水音と喘ぎ声もますます大きくなり、窓に押しつぶされている乳首もビンと

勃起している。突けば突くほど蕩けて潤っていく膣内。乳首もキュッキュッと窓の上で踊り、レイジは興奮に歯止めが利かなかった。

「ひくぅうんっ！　んっ、んあ、あっ、あはぁああ、レイジさんのオチンチン、ガチガチです……！　私の中、いっぱいになって……んぐっ、く……んあぁああっ」

「リリアナのおまんこも気持ちいいよ」

「や、恥ずかし……いいんんん！　あああ！」

「もう限界だ。またイクぞ……出すからなっ！」

「は、はい！　オチンチン、いっぱい出して……熱いのいっぱい出して……！　あんぁっあっあ、イク、イクぅぅううううん！」

ドクドクビュルルルル！

「んはぁあああああああああああああんっ♪」

互いがひときわ大きく震えて力が入った。ほとんど同時に絶頂に達する。

レイジはリリアナの痙攣する子宮内に精液を放出させていった。

「んあああああ……はーはぁあ、んくっ、ああ……お腹、熱い……オチンチン、ビュクビュク脈打って……んあっ、あ、やぁ、まだ出てますぅ」

ドクドクドクン……！

「ふぁあっあひ……いぃいいん……私も、まだイク……イクのおぉお、はあああん！」

イキながら恍惚となるリリアナを抱えて、いつまでも二人は繋がっていた。

◆◆

リリアナの魅了魔法が成功したということで、レイジはお役御免となった。

朝食後、頭の隅に追いやっていたアリサとの関係を思い出す。

「よし、ちゃんと誤解を解こう。それから……どうなるかはまだわからないけど。とにかく呪いを解くのが先……」

ふと、目眩が襲う。

レイジの身体がよろけて壁に手をつき、そのましゃがみ込んでしまう。

(なんだ、これ。目眩……？　頭痛い……)

しばらくジッとしていると痛みは遠ざかっていった。

「――なんだったんだ、今の。目眩なんて一度も起きたことないぞ？」

無人の廊下でふと誰かの視線に気づくが、そこには何もない。

館の隅々にまで朝日が降り注ぐ。穏やかな晴天にもかかわらず、レイジは鳥肌が立った。

「もしかして、呪いの影響？　まさか、ひどくなってるのか？」

第四章　呪い持ちと記憶

アリサは壁に手をつき、背中を向けた。そして下着を脱ぐと、かわいらしいお尻をゆっくりと振ってレイジを誘った。

「デートと言えば、エッチはつきものだよね。えへっ♪」

（そんなことはないと言いたいけど、呪いが掛かってから女の子とデートしたことないからわからない！　というか、俺またアリサの魔法に掛かってるし！）

レイジはアリサのお願いとして一緒に買い出しに出かけた。帰ってくるまでは、商店通りの人たちの冷やかしもあって、本当に初々しいカップルのような清い買い物デートだったのだが、帰宅した途端、アリサが我慢できなくなった。

（ちゃんと話をしないといけないのに、流されてる……このままじゃだめだ……！）

「今日のデート、そんなに心ときめいたのかい？　こんなところでおねだりするなんて……アリサらしくてかわいいよ……」

（……さすが、アリサに都合いい俺の答え）

なんとか努めて冷静になろうとするが、目の前の若々しい美尻に目は釘付けだ。魔法に掛かっていなくても、きっと我を忘れて臀部を鷲掴みして愛撫を始めただろう。

　アリサは、操っているレイジの言葉を聞いてますます嬉しそうにお尻を振った。

「じゃあ、して欲しいな……レイジに……♪」

「ああ、任せてくれ。それで、アリサはどのようにして欲しい？」

「え？　えっと……私は……あ、あのね……？」

　アリサは言葉を続けようとしたが、恥ずかしいのかうまく言えない。

（魔法を掛けて大胆に誘うくせに、こういうときは恥ずかしがるのか）

　なんだかな、と思う。呆れているのではなく、女の子らしい面も持っているのか、と少し安心した。

「焦らなくていいよ、アリサ」

「う、うん。えっと……レイジのア、アソコ――を、あ、当てて、欲しい……」

「ああ、アリサの言う通りにするよ……すべて俺に任せてくれ……」

「んあ……耳元で喋らないで……ぞくってするぅ……」

　アリサの悶える声を聞きながら、怒張した肉棒を取り出し、そして彼女のお尻にそっと肉棒の先っぽを押し当てた。

「ひあっ⁉　そ、そこは少し上過ぎる気がするの……お尻じゃなくて、もっと下のほ……」

「そうか。もう少し下……」

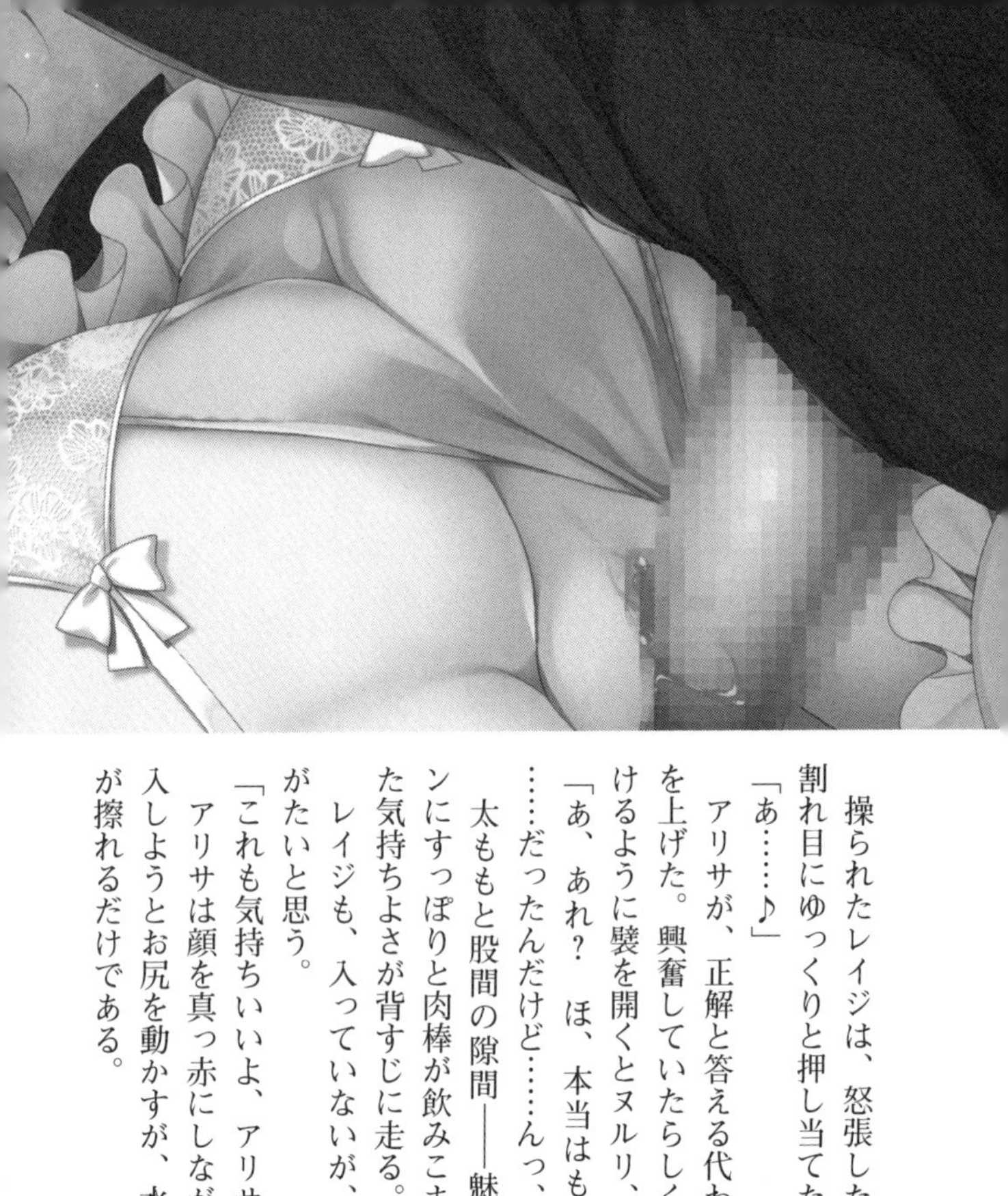

　操られたレイジは、怒張した肉棒をアリサの割れ目にゆっくりと押し当てた。

「あ……♪」

　アリサが、正解と答える代わりにかわいい声を上げげた。興奮していたらしく、亀頭で掻き分けるように襞を開くとヌルリ、と滑った。

「あ、あれ？　ほ、本当はもう後ちょっと上……だったんだけど……んっ、んん」

　太ももと股間の隙間——魅惑のデルタゾーンにすっぽりと肉棒が飲みこまれ、ゾクッとした気持ちよさが背すじに走る。

　レイジも、入っていないが、この感触も捨てがたいと思う。

「これも気持ちいいよ、アリサ」

　アリサは顔を真っ赤にしながら、なんとか挿入しようとお尻を動かすが、水音を響かせて股が擦れるだけである。

（うう……アリサの中に入れてみたいけど、この素股でも全然気持ちいい）

　アリサは太ももでキュッと肉棒を挟んでくる。愛液が絡みつく感触と、割れ目の熱さ、内もものむっちりとした柔らかさを味わいながら、レイジはゆっくりと腰を動かし始めた。

　ニチュ……ニチュ……ニチュゥゥ……。

「ふぁ……エッチな音がするぅ……ん……あ……擦れるよ……レイジぃ」

「ああ、俺も気持ちいいよ」

　ぐいっと腰を押し込んで、左右の濡れた割れ目の感触を楽しみながらゆっくりと抜く。

「ふあっ、当たっちゃう……」

「当たる？　どこに？」

「や……言えないよ……あ、んん、また前後に動いたらぁ……はぁ、はぁ♪」

　ぬちゅっ、ぬぷっ、ぬちゅ……。

「ああ、だめ、ひゃああんん！　あ、あっん！　擦れる……よぉ……！」

「何が擦れるか、ちゃんと言ってごらん？」

「ん……く、……わ、私のクリトリスに、レイジのオチンチンの先っぽが、擦れるのぉ」

（ああ、アリサ、かわいいことを言うんだな。興奮するよ）

レイジは腰を掴んでアリサの割れ目を刺激するように、上に向けて突き上げてやる。

アリサはつま先立ちになり、大きな声を上げて悶える。そこが一番感じるようで、ぴくぴくと尻を震わせた。

「はあ、ああ、あああん！　気持ちいいよ、レイジぃ！　ふぁあんっ！」

「俺もだよ。アリサのあそこがヌルヌルして擦れて気持ちいい」

アリサの尻を優しく撫でながら、腰を振りはじめる。すると愛液が足を伝ってポタポタと垂れて落ちた。

「ふぇっ⁉　や、やだ、私、感じ過ぎ……！」

「いいよ、アリサ。もっと濡れて」

「あんんっ、く……あっ、あ……んあっ！　それ……すごっ、い……！　気持ちいいの、レイジぃ！　あはぁん、いい！」

濡れてぱっくりと広がってしまった割れ目を、肉棒が擦り続ける。ヌルヌルに濡れた粘膜を刺激され、アリサの膝がガクガクと震える。

高まってくる射精感に突き動かされ、連続して腰を振り続ける。

「アリサ、もう出そうだ……！」

「い、いい……出して、レイジ……いっぱい出して……！　わ、私も、クリ豆いっぱいおチンポの先で弄られてぇ、イキそ……！」

アリサは尻を突き出し内ももを閉じて、レイジのペニスがさらに強く擦れるように腰を振った。

「ああ、出る、出る……！」

「はぁあっ！　はふううん！　わ、私もぉ……イクイクゥゥウ！」

ビュルッ！　ビュクッ、ビユッ、ビュルルルルルッ!!

「ふぁあああっ、あぁぁぁぁぁぁぁん……!!」

アリサの股の間から精液が飛び出した。レイジはペニスを引き抜き、アリサの尻に亀頭を擦り付けるようにして射精する。

「はぁっはあっああああっくぅんん！　あ、熱いのが……お尻にいっぱい……かかってるぅう……！」

ドクッ、ビュクッ……ドクッ！　ドクン、コプ……！

「くぅ……！　はぁっ、はぁっ……！」

レイジは自分で扱きながら、最後の一滴を尻に捏ねて擦り付けた。

「はぁ……あぁはぁ、レイジの、いっぱい、出たぁ……んっんくぅん……」

「アリサもイケて良かっ……」

「うん、すごい気持ち良かったよ、レイジ……あれ？　レイジ？」

レイジはアリサの声を聞きながら、目の前が暗くなるのを感じた。

アリサの魅了魔法が解けたのだった。

それから数日間。レイジはアリサの誤解を解こうと何度か試みたが、魅了魔法を掛けられたり、邪魔が入ったりして、上手くいかなかった。それ以前に、「呪い」の効果なのか体調が良くない。サマンサに呪いを解く鍵があったかと聞きに行っても留守である。

自分はどうなってしまうのか。アリサの誤解が解けないまま死ぬのではないか、レイジはそんな弱気になっていた。

「わかりました。私がお二人の時間を作ります」

藁をもすがる気持ちでレイジは、ついにユエルとリリアナに相談した。ちょうどアリサが忙しく厨房で働いている時間を利用して、二人を中庭に呼び出した。

レイジはこれまでの流れや二人との関係、そしてアリサとの関係など、恥ずかしかったがすべて告白した。ただユエルは知っていたので、リリアナの隣でつまらなさそうに聞いていた。そしてすべて白状した後、リリアナが静かに言ったのだった。

「で、できるのか？」

「はい、大丈夫ですよ。私もずっと気になっていましたから。レイジさんとアリサさんのこと。ね、ユエルさん」

「ふん、我はどうでも良い。世界征服のために貴様の身体が時々必要なだけ……だがその身体が不調とあってはジッとしてもいられないだろう」

「ふふ、素直じゃありませんねぇ。とまぁそういうわけですので、お任せください」

「ふぉおお、恩に着る！」

　レイジは二人に向かって拝んで見せた。

「でも、レイジさん。本当にアリサさんとは初対面……なのですよね？　この館で初めて出会ったのですよね？」

「ああ、だけど向こうはなんだか知っているみたいで」

「他の誰かと勘違いをなさっているんでしょうか。とにかく、アリサさんはそのせいもあって余計レイジさんに対して気持ちが真っ直ぐなのですね。二人の時間を設けることは可能ですが、アリサさんを傷付けずに説明できますか？」

「……やるしかない。まずは俺とアリサは初対面だということ、それから何よりも先に呪いを解きたいこと……」

「呪いが解けたら？」

ユエルの言葉に固まる。

「ど、どうしようかな」

「貴様はアリサのことが好きなのか？」

「…………嫌いではない。いや、たぶん、好きなんだと思う」

「だったら、付きあえば良いではないか。付き合っている最中に呪いが解けるかもしれないだろう」

「そうかもだけど、やっぱりこういうのは問題解決しないと、俺がいやなんだよ」

魔法に掛かったまま、呪いに掛かったまま、誰かと真剣に付きあうのは、何か違う気がする。自分を偽って相手を騙している気がしてならない、そう答えた。ユエルは納得したのか口を閉じて、リリアナが同意した。

「そうですよね。問題が解決していないと、落ち着いて自分のことも、相手のことを考えられないですよね」

「そ、そそそ！　そんな感じ！」

「ふふ、呪いが解けたら、アリサさんときちんとお付きあいしてみるといいかもしれませんね」

レイジも、それができたらどれだけ嬉しいか、と思う。誤解を解いてもまだお互いに好意があるなら、だが。

「とにもかくにも呪いが解けないことには……あーそれなのに、サマンサ見つからないし」

「そういえば、サマンサも気になることを言っていたな」

ユエルの言葉にレイジが身を乗り出す。

「なんて？ ていうか、あの人全然捕まらないんだけど、今どこにいるんだ？」

ユエルが言った。

「貴様の呪いを解く方法を探して奔走しておる」

「え……」

「それに、貴様に呪いの負荷が大きくなっていると言っていた。早急になんとかせねば、と。でも……遠くないって」

「遠くない？」

リリアナと声が重なった。

「呪いの元だ。つまり呪いを掛けた人物が遠い国ではなく、近くにいるって。それから、妙な魔道具を使うときがきたとかなんとか。我も、魔法局の職員と話しているのを盗み聞きしたので詳しくはわからん」

盗み聞きするなよ……と思いつつも感謝するレイジだった。

「そ、そうか。サマンサ、ちゃんと呪いを解く方法を探してくれていたんだ。それに、呪いの元が近くにいるかもしれないなんて……」

「さすが先生ですね。私も、一刻も早くレイジさんの呪いが解けることを願います。そのためならなんでも協力しますね」

「ありがと……ほんと、助かる」

もっと早くに二人に相談すべきだったと、レイジは軽く後悔をした。

「では、まず、アリサさんへの誤解を解きましょう」


その日は引き続き晴天だった。リリアナの計らいで、ユエルはニーナとゴルドを連れて町に出かけている。リリアナも使い魔たちに用事を言い付けて出かけた。

誰もいない館の庭園に、レイジはいた。アリサを傷付けずに誤解を解く。だけど、本当に過去に面識がなかったんだろうか。その辺りのことも聞けたら……。

「あ、いたいた、レイジ～」

明るい声とともにアリサが駆け寄ってきた。やはりきちんと誤解を解かなければ。彼女の、自分を信じきっている笑顔を見て決心をする。

「どうしたの？　こんなところに呼び出して。なんだかみんな出てっちゃったし」

「ああ、俺がそう頼んだんだ」

「へ？」

「アリサ。今から大事な話をするから、魅了魔法は掛けないでほしい」

「大事な話……う、うん、わかった」

「魔法も誤魔化しも、なしな」

「どうしたのレイジ。なんだか怖いよ？」

（しまった、怖がらせてどうする？　彼女を傷付けないように誤解を解かないと……）

　レイジは軽く深呼吸をしてリラックスした。

「俺はたぶん、アリサのことを好きなんだと思う」

「そ、そんなこと改めて言われなくてもわかってるよ～。私もだし～♪」

「でも、俺はアリサのことは知らないんだ」

「ん……うん？」

「覚えていない。この館で会ったのが初めてなんだ。俺はアリサのことを知らない」

「……………え？　でも、私のこと……やだレイジ。覚えてないだけでしょ？」

「どこで出会ったの？」

　アリサは言葉に詰まった。口元は笑ったままだが目が泳ぐ。何かを思い出そうとしているのか、しきりに手の指をクルクルと動かす。

「何言ってるの？　ほら、私とレイジは……幼い頃に……ええっと……待って。あれ、私も忘れてる……？」

「え？」

「あ、違うの！　絶対に私はレイジのことを知ってる！　だって館で会ったときに思い出したんだもん！　昔、一緒に遊んだこと……それと、私の彼氏になるっていう約束も！」

アリサが必死になって言う。その表情からはとても嘘だとは思えない。やはりアリサとは何かしらの面識があったと思われる。

「そうか、ありがとうアリサ、覚えていてくれて」

「え？」

「でもごめん。俺はそのことを思い出せない。幼い頃の記憶がすっぽりと抜け落ちているんだ。たぶん、呪いを掛けられたから」

「そ、そうなんだ。ただ忘れてる……って、わけじゃないんだ」

「ああ、記憶がない。だからなんていうか……恋人同士だって言われてもピンと来なくて」

「……じゃあ、あれ……あはは、私、恋人同士になれたって思ってたんだけど、違ったんだ？　レイジは、そんなこと思ってなかった……ってこと？」

「……ごめん、正直困惑でしかなかった。ちゃんと話そうにも魅了魔法を掛けられたり、他から邪魔が入ったりして……なかなか誤解を解く機会がなかった」

アリサが俯く。今まで、一人で思い込みの暴走をしていたのだとわかって、答えを探している様子だ。

「そ……そか……あの、レイジ」

「何？」

「この館に来て、私が勘違いして、その……いろんなことしちゃったけど、それに対してはどう思ってるの？　それこそ、私が魔法を使って無理やりレイジの身体に触れたから……それは、嫌じゃなかった……？」

正直に答えると、そのことについても困惑はしたまま、なのだが、役得という下心も必ずあったと言える。レイジは躊躇ったが正直に答えることにした。

「確かに自ら望んでやったことじゃないから、困惑はしたままだよ」

「そうだよね……」

「でも、アリサに触られるのは嫌じゃなかった。むしろ、いいのかなって言う気持ちのほうが強いよ」

「魔法を使って無理矢理だったとしても？」

「ま……まぁ、魔法は使わないでくれたほうがいいんだけど……」

「ごめんなさい。私、レイジに酷いことしてきたね、本当にごめんなさい」

「アリサ、待って。責めたいわけじゃなくて、誤解を解きたいんだよ。俺に記憶がないから申し訳なくて……俺はとにもかくにも呪いを解きたいんだ。そしてアリサのことをちゃんと思い出したい」

「……レイジ」

「呪いを解いて、アリサのことを思い出して、それから……それからだと思うんだ。俺とアリサは」

「え？」

「あ、いや、その。もう一度はじめるとしたら、だけど」

アリサは言葉の意味を知って、俯いたまま頬を赤くした。

「いいの？　私、すぐに勘違いして暴走するのに」

「まあいいんじゃないかな。それが持ち味っていうか、こうして話をしたら、ちゃんと成り立つし」

「そ、そりゃあ、そうだよ？　ずっと暴走してるわけじゃないんだから」

アリサの言葉につい吹き出してしまう。

「な、何よ〜」

「いや、そりゃそうだよなって思って」

「ふふ……じゃあレイジ。呪いが解けるまで」

「普段と同じでいいよ。魅了魔法さえ乱用しなかったら」

「……うん。わかった。ありがとう」

「こちらこそ」

ようやくアリサは顔を上げて笑った。レイジも一安心する。どうやら無事に誤解は解けたようだ。ここでお互い解放されてもいいのだが、先ほどのアリサの言葉が気になった。

「アリサも昔のことを思い出せないのか？」

「え？」

「さっき、そんな風なことを言っていたから」

「あ……えぇと、うん。なんでだろう？　レイジに再会した瞬間に、レイジとのことを急に思い出したんだよね」

アリサはそう言うと中庭にあるベンチに腰かけた。レイジも隣に座る。

「私の家は引っ越しが多くて、この町で過ごしたのも短かったと思う。それでまた違う町に引っ越しをしたのね。それから、学園を卒業してからこの町に戻ってきて……そうしたら、チラシでこの館の魔女が弟子を募集してるって書いてあるのを見て」

「ま、魔女の弟子募集？」

「うん、『住み込み雑用係、お給料が出てさらに魔法が身につきます』っていう謳い文句で募集していて、それで応募したの」

いろいろ突っ込みたいが、今はその話をしている場合ではない。

「俺もこの町に住んでいたんだ」

「そうだよ、だってお隣同士だったもの」

レイジと、なぜかアリサも驚いた。

「あれ、どうして今まで忘れていたんだろう？　そうだよ、レイジと私は近所で幼なじみだったんだよ」

「そ……そうだったのか？」

「うん、それでいつも遊んでたんだよ。その中で、たぶん彼氏になる約束をしてくれて」

アリサは思い出しながら言う。なぜ忘れていたのか、ただずっとレイジとは知りあいで彼氏になる……恋人になる相手ということだけ鮮明に覚えているという。だからレイジとこの館で再会した途端、その思い出だけが甦り暴走をしたのだと、アリサなりに理由を見付けた。

レイジは疑わなかった。そのときのアリサはまるで、再会の約束をしていた恋人に久しぶりに会えた、そんな感じだったからだ。

「その頃の俺はどうだった？　何か覚えてる？」

アリサは腕組をして唸った。

「う～ん、内向的だったと思う。私と出会ってから、いつも私が外に連れ出してたし……一緒にいたのは二ヶ月くらいだったけど……覚えてない？　この館がある森の前に小川が流れる原っぱがあって、そこで良く遊んだんだよ？」

「小川がある原っぱ……は、なんとなく覚えている気がする」

アリサと遊んだのは6歳くらいの頃だろう。当時の家のこと、親のこと、近所の風景などは覚えている。だが、ある一定の期間だけ記憶がない。

もし、その失った記憶部分が、アリサと出会い一緒に遊んでいた頃だとしたら。

「…………っ」

嫌な考えが過ぎった。

(アリサが、俺に呪いを……？)

「レイジ？ どうかした？」

この際だから聞いたほうがいい、そう判断をした。

「俺の呪いの原因は、誰かが故意に……もしくは誤って魔法をかけたことによるものだ。アリサ……昔、俺に魔法をかけたことがあるか？」

こういった訊きほうは失礼だとは自覚している。しかし、仮にアリサであるとしたら、レイジの呪いを解くのにこれ以上の適任者はいないということになる。

「違うと思う。私が魔法を使えるようになったのは、この館に来てからだから」

「そ、そうだよな。良かった……」

では、やはり誰なのか？ アリサと出会う前、もしくはアリサが別の町に引っ越しをする直前に、別の魔法使いに会って呪いを掛けられた……ということになる。それは一体誰なのか。自分は何をやらかしてそんな事態になったのか。

だが魔法使いの数は少なく、そうそう偶然に出会えるものではない。だからこそ、サマンサのような、呪いに知識がある魔法使いを探すのにも苦労したのだ。

「ごめんね……私がもう少ししっかりと憶えていたら、役に立てたかもしれないのに……」

「いや、記憶が抜けていた部分……そのことを聞けただけでも前進だ。これをきっかけに、何かを思い出していけるかもしれない」

根拠はないが、今はそう信じるしかない。

「うん……私も、何か思い出したらすぐに知らせるね？」

「あぁ、助かるよ」

とりあえず、今日わかったことをまとめて、サマンサには報告しようと思う。アリサとの問題も解決したし、これで少しは落ち着いた日々に戻れるだろう。


それから――――。

レイジとアリサは地道に距離を縮めていく。一方的に誘われたり不意に魅了魔法を掛けられないことで、レイジも余裕が生まれて、アリサと落ち着いて向きあうことができているのだ。

「レイジ、紅茶のおかわりはいかが？」

「いただくよ。この焼き菓子、美味しいね」

「本当？　良かった」

自然と会話が生まれて楽しむ二人。その雰囲気はまるで、仲睦まじいカップルのようだ。明らかにアリサが誤解をしていた頃と比べて、素直に笑いあい、自然と二人が寄り添っている。一緒にお茶を飲んでいたリリアナたちが和んだ。

ニーナがユエルに尋ねる。

「なんだか最近仲がいいわね、あの二人。何かあった？」

ユエルは曖昧に頷く。

「まぁ我たちの力で、マヌケな二人を助けてやったまでだ」

「マヌケ？　助けた？」

「そうですね〜♪　良かった良かった」

素直に喜べず、少々嫌味なユエルと、自分のことのように喜ぶリリアナは、二人を温かく見守るのだった――――。

（今日もアリサとたくさん会話をしたな。うん、こういうゆったりとした時間をアリサと

過ごしたかったんだよな、俺)

夕飯の後、レイジは自室に戻っていた。アリサとの関係を改めて振り返り、今の関係が一番いいと彼は結論付けた。

(アリサに対して、自然と手をつないだりキスをしたいと思うようになっている……)

以前は、アリサに押され気味で及び腰だったが、今は純粋に好きな人としてアリサを見ているようだ。自分の気持ちの変化を嬉しく思う。

そして何より、誤解が解けてから、なぜか良くわからない目眩などの体調不良が治った。呪いはまだ解けていないが、このままなんともなければ、忘れそうなほど調子がいい。

「よし、今度デートに誘ってみよう」

そう呟いて就寝の準備をしていると、ドアがノックされる。開けるとサマンサの使い魔が立っていた。

「……え？　サマンサが呼んでる？」

「やあ、呼び出してすまないね、レイジ、それにアリサ」

部屋にはアリサがすでにいた。何事かわからないのか、少し不安げな様子だ。

そんなアリサの隣に並ぶ。

そして、久しぶりにサマンサを見た気がした。ずっと出かけていたのか、館にいる気配はなかったのだ。サマンサは疲れている様子で、浅い笑みを湛えてレイジを迎え入れた。

「なんか、久しぶり。サマンサは大丈夫？」

「あー今すぐ風呂に入ってぐっすり眠りたいんだが、早いほうがいいだろうと思って」

「……まさか」

「そのまさかだ。レイジ、君の呪いの正体がわかったよ」

「ッ‼」

レイジは前のめりになってサマンサを見た。アリサも両手を胸元に重ねて言葉を待つ。

「それで？　誰が？　なんのために？　俺は治るんだよな？　すぐに治るのか⁉」

「落ち着け、今説明する」

「あ……ごめん。疲れてるのに」

「何、構わんよ。それでだな、えーっと……呪いの正体は、「女難」だ」

「……ジョ……ナン？」

不意に聞き慣れない言葉に、妙なイントネーションで聞き返す。

「女難だ。声をかけてきた女性のスカートがめくれたり、、服が破れてしまう呪いの正体は、女難だったんだよ」

「…………えぇえっ⁉」

理解したのかレイジは驚いた。もっと恐ろしく禍々しい呪いが掛けられているのだと思っていたのに、正体はなんとも肩すかしで幼稚な呪いだった。

「ほ、本当ですか？　師匠」

「ああ、驚きだね」

「えっえ？　待ってくれ、女難？　マジで？　俺、そんな、なんか簡単そうな呪いに掛かっていたの？　本当に？」

「あははは、まぁそういう反応になるよね。うん、残念ながら、マジで、そんな簡単そうな呪いだったんだよ」

「な……」

レイジは脱力してその場に座り込んだ。今までさんざん苦労してきた呪いの正体が「女難」。そんなことで、と思ってしまう。

アリサが放心状態のレイジに代わって質問を続けた。

「それで、レイジに、その女難の呪いを掛けた人もわかっているんですか？」

「ああ、わかっている」

サマンサはにっこりと微笑んだ。

「アリサ、君だよ」

「――――はっ？」

二人が同時に声を上げた。

「いやーあちこち引っ越しを繰り返しているから、なかなか大変だったよ。アリサの親に聞けばすぐにわかったんだろうけど、余計な心配はかけさせたくなったんでね。単独で調べたんだが……まずは両親それぞれの生まれ故郷を探して、そこから役所に行って家系図を調べて」

「ま、待って！　え？　アリサが？」

アリサはガタガタと震えていた。わずかに首を振って、「そんなの知らない」と呟いている。

レイジがアリサの身体を支えた。

「何かの間違いだろ？　俺確認したよ、呪いを掛けたのはアリサじゃないかって。でも、魔法使いじゃないから……」

「いたんだよ、過去に魔法使いだった人が。アリサの母方の先祖に一人だけ魔法使いだった女性がいる。どうやらアリサは、その血を受け継いだらしい」

「わ、私……？」

「落ち着いてくれ、アリサ。そんなことを言われても知らないのは当然さ。親も憶えていなかったほど遠い先祖だったんだから」

アリサが、ぎゅっとレイジの袖を掴む。

「で、でも……その血が流れていたから、私、レイジにとんでもないことを……！」

「待てアリサ、まだ続きが……」

　アリサはサマンサの制止を振りきって部屋を飛び出した。レイジは追いかけようとして立ち止まる。頭が追いつかない。あんなに好きだと思ったアリサが、実は呪いを掛けた張本人だった。アリサに身に覚えはないようだが、確実にそのせいで、自分は大変な幼少期を過ごした。恨み、残念、何かの間違いであってほしい、なんで覚えていないのだ、なんで俺だったのか、様々な感情が混ざりあい混沌となる。

「ふう、まぁ後で説明するか。レイジは……大丈夫か？」

「なんで、だ？」

　ようやく声が出た。

「サマンサ、それがなんでアリサだって、わかったんだ？」

　サマンサはレイジの様子を見ながらゆっくりと続きを話した。

「アリサはもともと魔法の筋がいいというか、センスがあった。初めてのはずなのに三人の中で一番魔法を編むことに抵抗がなく、すんなり習得できたんだ。だから実は魔法使いがアリサも知らない親類の中にいるんじゃないかと思っていた。もちろん本人はその血を受け継いでいるなんて知らないさ」

「そ……いや、でも、どうして呪いを掛けたのがアリサだって……！」

「君がこの館に来てからずっと観察をしていたんだ。レイジがアリサといるときは呪いのオーラがあまり見えない。だがユエルやリリアナといるときは、レイジの身体がかすむくらい呪いの色が強くなってまとわりついている。ガード魔法を掛けていなければユエルもリリアナも、他の女性たち同様女難の呪いを受けていたよ」

レイジは言葉に詰まった。なんとか頭で理解しようとするが、まだ感情が追いつかない。

サマンサは続ける。

「それで術を掛けた者は案外近くにいるかもしれないと思ったんだよ。遠い場所にいるとそこまで呪いの色が濃く出ることはないからね。波があったはずだよ。君が女性に声をかけられたとき、相手の衣服の被害にさ。スカートがめくれただけのときもあれば、裸になるまで服が破れたり、と差があったはずだ」

「そ、それは……確かに。でも」

「アリサは何やら最初から君を知っていた様子だし、だから二人の過去を調べたんだ」

どくん、と心臓が鳴った。なくした記憶部分がわかるかもしれない。だが同時に術を掛けた者を確定してしまう。レイジの中ではまだ、アリサではないと願っていた。

「けど、残念ながら詳細はわからなかった」

「えっ？」

「ただ、二人が同時に記憶をなくしたことは確かだ。君に記憶の一部がないように、アリサ自身も忘れている部分がある。その時期がおそらく一緒なんだ。そこで……」

サマンサは何やら古い鏡を持ち出した。縦６０センチほどの楕円形の姿見だ。装飾もシンプルだし、古そう、というだけでこれと言った特徴はない。その鏡をレイジの前に置いた。

「……これは？」

「本人が望むことを映し出す鏡。とある幸せな夢を見たいと望む者が、これを見続けて精神に異常を来したことから封印されてきた。つらい現実に戻れなくなるようだ。私もこれを使うのは気が引ける。呪文が長ったらしくてね、途中で必ず噛むんだよ」

サマンサが冗談交じりで言うが、レイジは笑えなかった。

レイジ自身が呪いを掛けられた瞬間が見たいと望んで、何があったのか確認してこい、と言っているのだ。

「レイジがこの鏡で過去を確認して、もし本当にアリサが呪いを掛けた張本人だったとしたら、どう思う？　許せないかい？」

「……わからない。けど」

「けど？」

「まだわかんないよ！　けど、アリサは……アリサだ。今、目の前にいるのが、今のアリサなんだよ」

「……そうだね」

「それに、俺のせいかもしれないじゃないか！　呪いが掛かるなんて、なんか、俺が余計なことをしたんだよ、きっと。だから……！」

「そうだね」

「だから、まだわからない……です。確認、しないと」

サマンサは「ふむ」と頷いた。

さらさらと空に指先を動かす。すると、見たことがない文字や絵が白く光って浮かび上がり、それらがレイジの足下に散らばっていく。

「望む映像を見た後、必ずここに戻ってくると念じること忘れるな。いいな」

それから、サマンサは呪文を唱え始めた。

「レイジ、鏡の前に座って」

言われた通りにする。鏡をのぞき込むが、映っているのは今の自分とその後ろにいるサマンサとサマンサの部屋だ。何の変哲もない。

「見たい映像を強く念じるんだ」

確かに舌を噛みそうな、どこかの国の言葉の長い呪文を唱えながら言う。レイジは目を閉じた。見たいこと、確認したいこと。

それはアリサとの過去。自分に呪いが掛かる前後とその瞬間である。

（アリサだったとしても、俺は……）

——ズンッ。

身体が大きく揺れた。地震か何かだと思って慌てて目を開ける。

「……え」

目の前に広がるまぶしい光と緑。ぬるい風、小鳥のさえずり。

サマンサの部屋にいたはずのレイジは、外にいた。緑がまばゆい。

森の中だと思うが、川のせせらぎが聞こえる。

「小川がある原っぱ……」

きょろきょろと辺りを見回す。

広い原っぱの向こうに柵があって、赤い屋根の家が見えた。

「ああ、ここ……小さい頃に良く遊んだ原っぱだ……！」

赤い屋根は牛を飼っている農場で優しい老夫婦が住んでいる。遊んだ帰りに寄ると、必ずミルクと焼きたてのクッキーをくれた。「今日はアリサちゃんと何をして遊んだの？」と聞きながら……。

「アリサ……そうだ、アリサは？　俺は、どこに……」

「待ってよ、レイジー！」

「っ！」

レイジは草陰に身を潜めた。そのすぐ目の前を女の子が駆けていく。

（アリサだ……！　うわ、かわいい！）

長い赤い髪を左右に結って大きなリボンを付けている。いつもそんな風な髪型をしていたことを思い出した。

幼いアリサが駆けていく先に、見覚えのある服を着た男児を見付ける。「あ」と声が出てレイジは思わず両手で自分の口を塞いだ。その男児は紛れもなく自分だった。

「どうして先に行っちゃうの？」

「だって……恥ずかしいから」

「なんで？」

幼い二人のやりとりに、思わず笑みがこぼれる。「そうだった、そうだった、こうしてここで良く遊んでいたんだ」と何度も頷く。なんて幸せな光景だろう。呪いでどうにかなる前はこんなにも平和だったのだ。

「アリサがみんなの前で言ったからだよ。僕がアリサの恋人だって」

「間違ってないもん」

「そうだけど、なんだか恥ずかしいの！　それに恋人って言われても。何していいのかわかんないよ！」

隠れていたレイジは笑い出しそうになった。

（そうか、アリサと恋人同士になった直後なんだな、これは。確かに学園のみんなに知られて、嬉しいのに恥ずかしかったんだ）

「そんなことも知らないの？　レイジ。恋人っていうのは一緒に手をつないだり腕を組んだり、キスしたりするのよ？」

「手なんかいつもつないでるじゃないか。いつもと一緒だよ」

「キスはしてないでしょ」

幼いレイジが顔を赤くする。

「じゃ……キスしたら恋人同士？」

「そうよ」

「その次は？　どうするの？」

「その次？　その次は……ずっと恋人になって、えっと……結婚するのよ、きっと！　うちのパパとママみたいに！　すてき！」

「けっこん……？　てなに？　パパとママみたいに？」

「私はレイジと結婚したいな」

「ええ？」

「レイジも、だよね？」

「そんなこと、わかんないよ。だって僕アリサのことも好きだけど、ララちゃんのことも好きだし」

再び笑い出すのを堪える。

（アリサはこの頃から気が強かったんだなぁ。後、俺。この頃から気が多かったんだった。アリサが一番好きなのに他のクラスの女の子も気になってたんだよね。まぁそもそもまだこの年で、恋人とか結婚とか言われても全然意味わからなかったんだよな。でも当時の女子はみんな、とにかくませていて、ついて行けなかったんだよな）

「なによそれ！　アリサが一番でしょ？　レイジはアリサの恋人でしょ？」

「そうだけど……結婚なんかしないよ！　わかんないから！」

「なんでよ⁉」

（あ、アリサが怒った……けど、泣きそう？　わ、アリサ、泣かないで）

「わっ私、明日引っ越しちゃうんだよ？　遠いところに行っちゃうんだよ？　恋人も……結婚もしなかったら、レイジ、私のこと忘れちゃうじゃない！」

どきん、とレイジの心臓が跳ね上がった。

（そ、そうだった。翌日にはもうアリサはいなくなるんだ。学園のクラスで最後のお別れパーティーをしていて、俺とアリサだけ抜け出したんだ。ここでアリサが怒ってしまって、俺は……それでも……）

「忘れないってば！　でも恋人も結婚もわかんないからやめる！」

（断ったんだ！　意味がわからないから！）

不意に視界が暗くなった。あれだけ晴れていた空が曇り出す。

アリサの様子がおかしい。

「レイジのバカ……バカ！」

「アリサ……？」

「レイジなんか！　他の女の子と仲良くできなくなっちゃえばいいんだ‼」

アリサの叫び声とともに雷が落ちたような衝撃が二人に走った。

「ッッッ‼」

白い煙が立ちこめる。何が起こったのかわからないが、おそらく今のでアリサの眠っていた魔法が発動したと思われる。

やがて大人たちの声が聞こえてきた。赤い屋根の農場から老夫婦が飛び出してきた。

「しっかりして、二人とも！」

幼いレイジとアリサは気を失っていた。

（……ここだ。ここで、俺は記憶を失ったんだ。そして、アリサも……）

目の前が真っ暗になった。

次に視界が開けると、レイジの姿は成長をしていて列車に乗っていた。

「本当に困ったわね～、女の子のスカートめくりばっかりして」

隣にいる母親が情けない声で言った。

（これは二回目の転校と引っ越しを余儀なくされたときだ。もう呪いが掛かっていて、勝手にスカートがめくれたんだ。この辺りからの記憶はあるぞ。アリサは？　アリサは、どうなったんだ？）

再び視界が暗くなり、開ける。

「……原因はわかりません」

白衣を着た老人が何か話をしてる。レイジはそれを天井付近から眺めていた。

（どこだ、ここ？　あ……）

ベッドには幼いアリサが眠っていた。どうやらあの魔法発動の直後のようである。

「そんな、どうして意識が戻らないんですか？　今日で三日ですよ？」

アリサの母親がアリサに泣きつき、父親も必死に医者に尋ねている。

「だから、こんな田舎町の病院では原因はわからないんです。本当にもう一人一緒にいた男の子、レイジくんは何も知らないんですね？」

「は、はい。彼も意識を失いましたがすぐに目を覚まして……でも何が起こったのか知らないと。それどころかアリサのことも忘れてしまっていて」

「やはり、自然現象でなく人為的な何か大きな衝撃が二人を襲ったようですな。フォーレルロッゾさん、あなた方が引っ越しする先に大きな病院があります。そこは魔法によってケガをした人なども診てもらえます。アリサさんもそこで一度」

「魔法？　バカな、いったい誰がどんな魔法を掛けたって言うんです？　あり得ない」

（………）

次に視界が開けると、少し成長したアリサが映った。どこかの町で友達と一緒に学園に登園している姿だった。

（魔法に懐疑的な両親のおかげで、アリサに魔法が使えることは本人も誰も知らなかったんだ。目を覚ましたアリサもきっと、俺のことを忘れていたんだろう。それが数年後この館で出会って、少しだけ記憶が蘇ったんだ。俺とキスをしたのも、恋人になるために）

レイジは深いため息を吐いた。

（これは、幼かったが故の純粋な気持ちが引き起こした……事故だったんだ）

もう一度、レイジの視界に小川が流れる原っぱが映る。幼い頃のレイジとアリサがかわいくじゃれ合っている。恋人とか結婚とか、意味も良く知らないくせに喋っている。

魔法が発動する前の、穏やかな時間。レイジの目に涙がにじむ。

「ごめんな、アリサ。意味がわからなくてアリサの気持ち受け止められなかったよ、俺。幼稚だよな」

魔法が発動する直前で視界が消え、また同じ原っぱのシーンから、壊れたテープレコーダーのように再生が始まる。

レイジが無意識に幸せだった頃の映像を見たいと願っているのだ。

「アリサ、原因不明で寝込んでいたなんて……悪かった。思い出した今なら言えるよ、あのときの気持ちを……」

　レイジの頭の中に、今のアリサの姿が浮かんだ。

「そうだ。アリサに、伝えなきゃ……」

　不意に視界が暗くなった。だがもう原っぱは出てこない。代わりに大きな衝撃と揺れが襲ってきた。

「うぁあああっ⁉」

　…………………。

　目を開けると、そこはサマンサの部屋だった。レイジはひっくり返った状態で天井を見ていた。

「全く……戻ってこないのかと思ったぞ」

　頭上でサマンサの声がして顔をのぞき込まれる。窓の外は白々と夜が明けていた。長い時間、レイジは鏡の前に座ったまま動かなかったので、鏡の魔力に取り込まれたのかと、慌てて意識を戻す魔法を思い出していた途中だったという。

「気分はどうだ？」

「だい……じょうぶ……いてててて……」

「戻りたいという意識が身体をはね飛ばして、戻ってこさせたのだ。良かった」

レイジが身体を起こす。ぐったりと疲労感はあるが頭の中は冷静で冴えていた。

「答えは出たのか？」

「出た。何が起こったのかもすべてわかった」

「そうか。では君の判断に任せるよ。アリサが傷つくことになっても、それは致し方ないことだ。フォローはするから安心したまえ」

「傷つかないよ、きっと」

「うん？」

「サマンサ、頼みがあるんだ」

サマンサはきょとん、としてレイジの頼み事を聞いた。

「待ってレイジ！　どこに行くの？」

レイジは部屋に閉じこもっていたアリサを、館の外へ連れ出していた。

「散歩でもしようかと思って」

アリサは立ち止まってレイジの手を振りほどいた。

「ど、どうして？　レイジ、私はレイジに呪いを掛けた張本人なんだよ？　どうしてそんなことができるの？ 恨んでるでしょう？ 怒ってるんでしょう⁉」

「ううん、怒ってなんかないよ」

「うそ！ 私、最低だよ。そんな大事なことを忘れて、今の今まで生きてきて……目の前にレイジが現れて浮かれて、都合のいいことしか思い出せなくて！ 私……私……レイジと一緒にいる資格なんてない！」

風が木立を揺らして、二人の間を吹き抜けていく。

「本当にごめんなさい。どうすれば……いいんだろう。呪い、どうやったら解けるんだろう？ 私の、今の魔力でできるのかな。師匠に頼んで……なんとかしなくちゃね。早く解かないと。本当に……ごめ……」

「アリサ、過去がわかったんだ」

「……え？」

「忘れていた記憶の一部。サマンサの魔道具で見てきた」

「え、ええっ⁉」

レイジはもう一度アリサの手を握った。

「誰も悪くなかった。や、強いて言えば俺が悪かった」

「え……な、何言って？」

「アリサと恋人同士になるのが、嬉しかったくせに恥ずかしがった。だからアリサは怒っちゃって、アリサ自身も知らなかった魔法の力を発動させちゃったんだよ」

「……じょ、女難？」

「そう、女難の呪い。俺もアリサも子供でさ、意味が良くわかってなかったんだよ……とはいえ、そのときにアリサを傷付けたのは確かだ。ごめんなさい」

「れ、レイジ……もう少し詳しく話して」

アリサがようやく落ち着いた。手をつないで庭園を歩く。

「……ああ、そうだ、私。起きたらもう違う町にいて……引っ越ししたんだってわかった」

「うん、アリサの両親も記憶がないことは気にしていたけど、とりあえず元気になったからそのままにしたんじゃないかな。魔法に掛けられた、もしくは我が子が魔法を掛けたなんてことを認めたくなかっただろうしね」

「うん……昔から魔法使いとかそういうこと、嫌いみたいで。だから私が大きくなって魔法使いになりたいって言ったときはすごく驚いていたわ……どうしてもなりたいなら一人暮らしをしなさいって」

遠い先祖のことなのでアリサの親も覚えていないと思うが、懐疑的になったのは記憶の片隅に何かあったのかもしれない、と勝手に推測をする。アリサも「そうかも。ご先祖様は問題を起こした魔女だったのかもね」と笑った。

「アリサ、もう一度言うね。俺は呪いの魔法が掛かってしまったけど、アリサのことは何も恨んでないよ。むしろ俺が幼稚過ぎて情けないくらいだよ。この館でアリサと出会えたのはきっと運命だと信じてる」

「レイジ……いいの？　私、まだ一緒にいても」

「アリサが俺のことを嫌いになってないなら、ぜひ」

「嫌いになんかならないよぉ……ふぇええええん！　バカー！　呪い掛けても好きなのにー、おかしいよ、私～。ぐす、本当に早く呪いを解かなきゃ」

「それはもう手を打っているよ。これでたぶん呪いは解けるはずなんだけど」

「へ？」

そのとき、館の玄関が開いてニーナとゴルドが出てきた。

「あ、いたいた。アリサー！」

「レイジ。アリサお嬢ちゃんの準備ができたぞ」

「ありがとう、ニーナ、ゴルドのじいさん！」

「え、何？　準備？」

「いいから、行ってアリサ」

レイジは気にするアリサの背中を押して、ニーナたちに任せた。

「さて、俺も花を摘んで館に戻ろう」

庭園で、リリアナが育てたきれいな花々を摘んだレイジは、館に戻り自室に入った。

そこにはなぜかユエルとリリアナがいた。

「まったく、急過ぎるぞ下僕。シャツは貴様のを使うが、ベストと蝶ネクタイがなかったからかじり立ての魔法で縫ったぞ」

「カーテン素材ですけど、変ではないはずです。ちなみにアリサさんのはサマンサ先生のワンピースをアレンジしました」

「ゴルドは裁縫も得意だったのだな。それと比べてニーナはいるだけだな？　本当にあいつは使えない魔法使いだ」

「でもアレンジを考えたのはニーナさんですよ？　すてきなデザインになりました」

「ま、まあ、まあ！　ありがとう、二人とも！　感謝！」

「レイジさん、花は？」

「摘んできた。これだけあったらできるかな？」

「十分です」

「貴様は早く着替えるんだ」

「おう！」

レイジたちは急いで準備に取りかかるのだった。

エピローグ　言えなかった答え

レイジは正装してエントランスにいた。

今にも破裂しそうな心臓を落ち着かせようと、胸を抑える。

(自分でやろうって決めたこととはいえ、緊張するな)

「ちょっと、大丈夫なの？」

いつの間にか目の前に立っていたニーナが、顔を覗き込んでくる。

「た、多分……正直に言うと、心臓が破裂しそう……」

「しっかり気合いを入れてよねー。大事な式なんだから」

ゴルドも言う。

「深呼吸じゃよ、レイジ。大きく息を吸って吐いて」

「お、おう。は～～す～～～～は～～～～……」

なんとか心を落ち着けてそのときを待つ。

「あ、アリサが来たわ！」

「っっ──！」

やがて、花咲く庭園からアリサがリリアナに手を引かれてやってきた。

その姿は――。

「お、お待たせ………」

「お、おう……」

まるでおとぎ話に出てくるプリンセスのようだった。

サマンサが持っていたというシンプルな純白のワンピースを、ニーナの考えたデザインに変更。胸元はそのままだが、裾に深めのスリットが入っていて大きなフリルが縫われている。ウエストには同じ生地でリボンがあしらわれていて、かわいくてセクシーなウエディングドレスへと変貌していた。そして手にはリリアナが丹精込めて育てた花のブーケを持っている。短時間で良くぞここまで揃えてくれた、とレイジは皆に心から感謝した。

「こ、このドレスすごいね……えへへ、綺麗、かな？　似合ってる？」

「あぁ……とても綺麗だよ。アリサにピッタリだ」

綺麗過ぎて照れてしまう。

リリアナからアリサの手を受け取り、大急ぎでこしらえた祭壇の前に並んで立った。

場が静まり帰る。

アリサがこっそり言った。

「レイジも素敵な服着てる……。あの……これって、どう見ても、結婚……式みたいなんだけど、どういうこと？」

「結婚式だよ、アリサ」

「え、え？」

「こほん」

食堂からサマンサとユエルが出てきた。

サマンサは祭壇に立つと、二人を見つめた。

「これより、レイジ・ウルリックとアリサ・フォーレルロッゾの結婚式を執り行う」

アリサが驚いて少し慌てる。レイジはその手をそっと繋いだ。

「汝、レイジ・ウルリックは、アリサ・フォーレルロッゾを妻とし、良きときも悪きときも、病めるときも健やかなるときも、ともに歩み死が二人を分かつまで、愛を誓い、妻のみに添うことを、神聖なる婚姻の契約のもとに、誓いますか？」

「――はい」

「汝、アリサ・フォーレルロッゾは、レイジ・ウルリックを夫とし、良きときも悪きときも、病めるときも健やかなるときも、ともに歩み他の者に依らず、夫を想い、夫のみに添うことを、神聖なる婚姻の契約のもとに、誓いますか？」

「ええ？　あ、はっはい!?」

「では、指輪をここに」

「ゆ、指輪⁉」

さらに驚くアリサの前を、ユエルがやって来た。小さなクッションに乗せられた指輪を二人の前に差し出す。ユエルがレイジに小声で言った。

「言っておくが、急いで買ってきたオモチャの指輪だ。後でちゃんとした物をアリサに渡すのだぞ」

「わかってる。ありがと」

レイジは指輪をひとつ手に持つと、アリサの手を取った。

「こ、これって指輪交換だよね⁉　ちょっと待ってレイジ、本当にこれって結婚式なんだけど？」

「だからそうだって。ほら、指輪を入れるよ。それとも、相手が俺だと困るかな？」

アリサが勢い良く首を振る。

「絶対そんなことない！」

「だったら」

レイジはアリサの左手薬指に、キラキラとガラス玉が光る指輪を差し入れた。同じく、アリサも――まだどこか困惑した様子で――レイジの薬指にはめた。

サマンサが続ける。

「汝、レイジ・ウルリックは、アリサ・フォーレルロッゾを永遠に愛しますか？」

「はい、もちろん。アリサと結婚をして永遠にずっと一緒にいます」

「…………！」

レイジの言葉にようやくアリサは思い出し、理解した。

(幼い頃言った私の言葉に、レイジは応えているんだ……！)

恋人同士になりたい、結婚をしたい。そうすれば引っ越しをして離れても、レイジとずっと一緒だと思える。いつかまた絶対会える。忘れないでいてくれる。恋人や結婚の意味が良くわからなくても、こうすれば悲しくない。幼いながらもアリサが考えた大好きなレイジへの告白だった。離れるのはあまりにも寂しくて悲しくて、ずっと一緒にいたかったから。

その思いにレイジは今応えているのだ。

「本当に私でいいの？」

「アリサじゃないと嫌なんだ。ずっとそばにいてほしい」

アリサの瞳に涙が浮かぶ。

「汝、アリサ・フォーレルロッゾは、レイジ・ウルリックを永遠に………」

「愛します！　もう絶対に離れたくない！」

「お、おう……では誓いのキスを」

二人の顔が近づく。レイジは首を少し傾けて、アリサと唇を重ねた。

「────ッ!!」

途端、まばゆい光が二人を包み込み、皆一斉に目を覆う。

「きたか!」

サマンサが喜びの声を上げた。

まばゆい光は緑や青に変化しながら二人に絡みつき、レイジの身体を覆うと螺旋状になって天井に登り……やがて消えた。

二人の唇が離れた。アリサが目だけを動かしながら光を追うが、もう見えない。

「い、今のって……?」

レイジも特に変わりがないように思うのか、確認するようにサマンサを見た。

「成功だ。呪いは解けた」

サマンサは断言した。

その言葉に、ユエルたちが歓声を上げる。

レイジは信じられないと言った様子で笑った。

「は……ははは、やった、やったぞ、アリサ……!」

「ほんとに? 呪いが解けたの!? レイジ本当に!? やった、やったぁあああ!」

レイジがアリサを抱き上げる。そうしてもう一度深くキスをした。

部屋に戻ると、どちらからともなく身体を寄せ合った。

「いきなりのことで驚いただろう？　隠しててごめん」

「ううん、いいの……幸せだったし、今も嬉しくて……心臓ドキドキ響いてて、夢なんじゃないかって思うの……」

「夢でも、魔法による映像でもない……こうやってアリサに触れて、キスしてる……間違いなく、現実だ」

◆◆

──レイジは、魔道具である鏡を見た後、サマンサに呪いを解く方法を聞いていた。

だがやはり明確な方法はなく、呪いを掛けたアリサ本人が解き方を覚えるしかないと言われる。ここまでかと思ったときに、レイジはゴルドがゴリラになった話を思い出した。

「魔法は思い込みで、掛かったり解けたりすることもあるんだよな？」

「あ……ああまぁ確かにある。ゴルドがそうだ」

「あのとき言えなかったアリサへの答えを言えば、もしかすると」

「答え？」

「結婚してと言われて、恥ずかしいのと良く意味がわからないから断ったんだ。その後、魔法が発動して呪いが掛かった。でも、今ならちゃんと答えられる」

サマンサが「あ」と声を上げて気づいた。

「なるほど、つまり結婚を断ったから呪いが掛かった。だが今受け入れると答えれば」

「もしかするとだけど」

「いやあり得る。結婚を受け入れることによって、時間が止まったままだったアリサの願いは成就することになる。解く魔法を編まなくても、アリサの気持ちが満足すれば呪いが解ける可能性は高い」

「だよな！」

「だが……いいのか？」

「へ？」

「そうなるとアリサと本当に結婚をすることになるわけだが、その覚悟はあるのかい？」

レイジは笑顔になった。

「もちろんだよ。あのときは言えなかったけど、俺もアリサと結婚したかったんだから」

――そして今。レイジの予想は見事に的中して、呪いは消え去った。

抱き合ったまま互いに唇を重ねて、ゆっくりと味わう。呪いも魅了魔法もない素のままの二人である。

胸を露出させたアリサがドレスの裾をそっと持ち上げる。

レイジはその滑らかな太ももに触れた。

「あっ……んっ……あぁ……レイジの手、温かい……」

太ももを撫でていた手を、さらに奥へと忍ばせてアリサの秘裂を指でなぞっていく。

「んっ……あぁっ、あっ……んん……はぁぁ……レイジの指が当たってるだけで、濡れてきちゃうっ……んっ、あっ……」

「本当に濡れてきてるな……指の先に、愛液がついてる。相変わらず、感度がいいんだな」

「レイジの体温、もうおまんこが覚えちゃってるの……撫でられてるだけで、中が反応しちゃって……あっ、んんぁぁ……！」

指に付着した粘膜を指の表面に広げながら割れ目を往復させると、また愛液が溢れてくる。傷を付けないように注意しながら指の先を沈ませてゆっくりと引き抜く。

とろみがある蜜が糸を引いた。

「あぁっ……！　んんっっ……ん……あぁ、そこ……入り口のところ、何度も擦っちゃ……あぁっ、っうぅ……あっ、ふぁぁぁ……」

蜜壺を掻き混ぜるようにして指先で弄る。感じているのかアリサの膝がガクガクと震え出した。

「んあぁぁっ！　あっ、んんっ……あっっ、ふぁぁ、はぁ……ダメぇ……！」

「すごいね、アリサ。もうクリトリスが勃起してるよ」

「だって……んんっ、はぁ……そんな、エッチな……ん、あっ……触り方、するからっ……！

切なくてっ……んんっ、あぁっ……！」

レイジは秘裂を弄った後、濡れそぼる蜜穴の中へ注意深く指先を挿入する。

「ひあぁぁっ、んんぁぁ……あっ！　レイジ……っ……あっ、んん……ぁあっ、ふぁ……はぁ、あっ……激しいっ……もっと……んんっ！

はぁっ、あん……ゆっくりにっ……んんっ……して……このまま、じゃ……私、すぐに……イっちゃう……っ！」

「そんな気持ちよさそうな顔で言われたら、もっとしてあげたくなっちゃうな」

「んあぁっ、あぅっ……！　やぁぁ、はぁ……違うっ……あん、っ……んふぁぁ……！」

「でも、アリサのおまんこはもっと欲しがってるみたいだ。中がぐいぐい指を締め付けて、もっと入れてほしいって言ってるみたいだぞ？」

「ふぁぁっっ、んんっっ！　ち、違うの……！　あっあっ、指、出し入れしたら子宮に響いちゃう！　や、やだ、まだちゃんとレイジのオチンポ入れてないのに、指で感じちゃうなんてぇ！　ふぁあああん！」

「そうだね。俺のがまだ入ってないのに、アリサはやらしいなぁ」

「はぁっんっ！　わ、私、やらしいの……！　いつもレイジのこと思いながら、オナニーしてたし、あ、あぁん！　早くエッチがしたいって……オチンポ中に入れて欲しいって思ってた……ふぁあっはぁあぁん！」

魅了魔法に掛かった状態ではなく、何もない状態でセックスがしたかった、アリサはそう言った。レイジも同じ気持ちである。

レイジはアリサの蜜穴に指を差し込んだまま、アリサの胸にむしゃぶりついた。

「ふぁあ！　お、おっぱい吸われてるぅ！　お、おまんこも弄られてるのにぃ、こんな、こんなの、すご……ああぁん！　はぁ、あああひっ……いいぃいいん！」

ぷるん、と勃起した乳首を甘噛みしながら舐め上げていくと、アリサがいっそう切ない声を上げた。

「あっ、っあぁぁぁ……はぁっ、あっ……指が動けば、動くほどっ……っ、あぁぁ……違うところ、当たって……あぁぁ、あっ、んんぅぅ……！　こんなのらめぇ……！」

抽送を続ける中指の向きをあちこちに変えながら、秘部への抽送を繰り返しつつ、親指でクリトリスに触れる。

「つあぁぁあぁぁぁっっ！　触っちゃ……んんっぅぅ！　ああっっ！　はぁ……あぁっ、お、おっぱいも舐められて……んゃぁぁぁ、ダメ、これ、ヘンになっちゃう……っ！」

アリサが堪えきれないのか前屈みになる。快感で大きく、そして固くなったクリトリスを、今度は親指で弾くように触れ指の腹で揉んだ。

「ダメ、ダメぇ……レイジーー！　んんんっっ、あぁぁっ、はぁ……んんぁぁ、あっ、あぁぁぁぁーーっっ……！」

アリサは大きく身体を震わせた。どうやら絶頂に達したようだ。

「はぁ……あぁぁ、あっ……はぁ、はぁーっ……今の、すごい……あぁ、んっ……一瞬で、イっちゃった……んんぁぁ、はぁ、はぁ……」

レイジはアリサの身体を抱き上げ、ベッドに横たわらせた。

「はぁ、ああ……お願いレイジ。オチンチン、中に入れて欲しいよ」

アリサは、愛液で濡れた陰部を見せ付けるように、腰を突き出した体勢でレイジの上に跨がった。

「アリサ、痛かったら無理しないでくれな」

「うん、大丈夫。こんなに濡れてるんだもん。もし痛くても、レイジと繋がった嬉しさのほうがきっと勝つよ」

そう言ってゆっくりと腰を下ろした。

愛液が溢れている秘裂に亀頭が分け入り埋没されていく。アリサの熱い肉壁に触れて、挟み込まれただけで、軽く射精してしまいそうだった。

「ん、んんんく、もう……少し……んはっ！」

やはり膣口付近は抵抗があるのか、なかなか奥に入らない。レイジはアリサの腰を掴んで挿入を手伝う。

腰を突き上げると、亀頭が入り口に差し込まれた。

「んああっ！　は、入りそう……ううううん！　レイジのオチンチン、大きい、よっ……ううふあっ、あ、ああ、何？　するって、中に……」

「アリサのおまんこがたくさん濡れているから……うう、腰を上げただけで入っ……」

「あああ、はあああぁぅ入ったあぁああ！　ふぁあああん！」

亀頭は抵抗する肉襞を押しのけ、思っていたよりすんなりと入ることができた。

だが、アリサの身体が震え出す。

下から突き上げられているその姿は串刺し状態だ。レイジは、いくら濡れているとはいえ、初めてでこの体勢は厳しいのではないかと心配になった。

「アリサ、無理しないでくれ。一旦抜くから」

「ち、違うの、は、初めてなのに、気持ち良くて……お、オチンチンいっぱい……私の中にいっぱい……しゅごい……んんんふうん！　おく、奥まで来てるぅぅう！」

「そうなの？」

「うん……！　レイジは？　き、気持ちいい？」

「ああ、めっちゃ気持ちいい。アリサのオマンコ、ヌルヌルできつめに締め付けてきて、すごいよ」

「あは、良か……たあああ、う、動いて、レイジ。私、うまく動けない……ひっぁ」

レイジは再びアリサの腰を掴むと、ゆっくりと揺すり始めた。

すると、膣肉が蠢く音が聞こえてきそうなほどに、アリサは膣壁を収縮して、肉棒全体を優しく刺激しだす。

「くぅ……なんだ、これ。すぐに、イキそう………ううう！」

「んっんあっは……！　ああぁ、オチンチン、奥まで届いてっ……んんっ！」

初めてなのでもっとゆっくり優しくするつもりが、いつの間にかレイジは腰を激しく打ち付けるようにして、中を突いていた。

アリサの身体が人形のように揺れる。

「あぁぁっ、はぁ……んっ……あ、あぁぁっ……んんぁぁ、おまんこの奥が、グニグニ当たってててっ……はぁ……全身に、響いてくるっ……！」

肉棒がアリサの膣壁に擦れるたびに、奥から潤滑油のように愛液が滲み出てきて、蜜壺の中を満たしていく。

「んんぁぁぁ、っう、あぁぁぁっ……！　エッチな音、鳴ってるっ……あんっ、はぁ……もっと、興奮、しちゃう……っあぁぁ、はぁっ……んっ、あっっ……！」

「はぁ、ああ、すごい、よ、アリサ。おまんこの中に出入りしているのが丸見えだ」

「はぁ、はぁ……うんっ、もっと見てぇ……！　んぁぁ、あんっ……もっと興奮してっ……んあぁぁっつ、はぁぁぁ、んんぅ……！　あっつ、あぅぅ、ひゃあぁぁっ……！」

反った体勢でガクガクと身体が揺れる。大きな胸も盛大に暴れていた。

レイジが手を伸ばして暴れている乳房を掴み揉む。

「ふぁあああん！　おっぱいも、一緒に、あんあっあっあっはぁあ！」

胸を揉まれて感じるのか、アリサの中がさらに締まる。四方から肉襞に擦られ絞られて、レイジは限界を感じた。

「はぁぁ、あんっ……愛液と混ざって……おまんこの中に広がってる……あんっ、んぁ……あぁっ、好き……精液も好きだけど、我慢汁も好きぃ……んんっ、はぁ……っ」

我慢汁と愛液が混じってできた粘液が、突き上げるたびに煽情的な音を立てて、背徳的な雰囲気を作り出す。

「んあぁぁぁっ、ガチガチに膨らんだ、あっ、ん……オチンチンが跳ね回って、あちこちに、当たってるっ……気持ちいところに、グリグリ擦れてるの！　こんなの、ヘンになっちゃう！」

「お、俺もそろそろ限界、かも……！」

「うん、レイジ！　私も、グチョグチョでもう無理ぃ……！　ふぁああ、また中でオチンチンが膨らんだぁ！ 出して、レイジの精液、私のおまんこのなかにいっぱい出して！」

「気持ち良過ぎて……もう……！」

音が鳴るほど身体を打ち付け合って、何度も亀頭で子宮口を叩く。アリサの中が痙攣したかのようにざわめき陰茎を包み込んだ。その得も言われぬ快楽にレイジが弾けるようにして射精した。

「うぁ……！」

「んひゃあああああん⁉」

――ビビュルルルッ、ビュルルルルルルッッ――。

「あああああぁぁぁあっっっ！ 精液……ビュルビュル出てるっ……！ あぁぁぁあっ、オチンチンが暴れてっ……一番深いところまで、ドクドクって、届いてるっっっ……！」

激しい勢いで子宮へと放たれていく射精を受け止めながら、アリサも絶頂を身体全体を震わせて感じた。

ビュクビュク……ドクッ！

「はあぁぁぁ……はぁ……んっ、こんなに、いっぱい……んんっ、あぁぁぁ……オマンコの中、いっぱい……」

放出される精液を味わうようにアリサが腰を動かすと、膣内がギュッと収縮し、尿道内に残っていた精液がさらに飛び出てくる。だが中に入りきらずに溢れ出てきた。

「んあ……ああ……嬉しい、まだ出てきた……レイジの精液、しゅごい……ふふふ」

やがて、最後の奔流を出しきったところで、全身から一気に力が抜けた。

脱力するアリサの身体をしっかりと抱き留めた。

「はぁ……んん、気持ち良かったよ、アリサ……」

「はひ……私も。これからも、ずっと……いっぱい、してくれる？」

「もちろんだ。今夜は嫌だって言ってもする」

「あはは、何それー」

「それくらい大好きだ、アリサ。大切にしてずっと愛していきたい」

「レイジ……うん！　私も、愛してる。ずっとそばにいてね」

「約束する」

二人はキスを繰り返す。やがて、幼かった頃以来、初めて訪れる幸せなまどろみを感じるのだった。

◆◆

——それから季節は巡り、再び暖かく穏やかな風が吹く季節になった。

レイジは、いつかと同じ空を見上げていた。

世界一の白魔女を探して町で捕まり、檻に入れられて連行されたあの日から、もうどれくらい経ったんだっけか……ボンヤリとそんなことを思う。

魔法局の中庭で、レイジはお弁当を抱えたままベンチに座って空を見ていた。

そこへ、ゆっくりと歩いてくる人影があった。

「レイジ、お待たせ～」

アリサである。買い出しを済ませて魔法局へやって来た。

「一緒にお昼食べよ」

「ああ」

仲良くベンチに座ってお弁当を広げる。アリサお手製である。

レイジは、呪いが解けた後、魔法局で働くようになっていた。

なぜなら、呪い持ちでなくなった以上、サマンサの館に住む必要がなくなったからだ。

アリサも一緒に館を出て町に住むと言ったが、せっかく魔法使いの弟子としておもしろくなってきたところである。それに、館には大好きな仲間のユエル、リリアナ、ニーナ、ゴルドもいる。レイジはアリサを引き留めた。

では、どうするか。

「魔法局で働くかい？　魔道具を扱うならこの館に住み続けていても問題はないよ。魔法局での役所仕事と、この館での魔道具の管理を任せようじゃないか」

サマンサの意外な一言に、レイジもアリサもすぐに賛同した。

それからレイジは国家試験を受けるために勉強を続けて見事、魔法局職員となったのだった。

「それで、今日は残業なし？」

「ああ、昨日持って帰った魔道具の検査が終わったと、さっきサマンサから連絡があったからね。定時に帰れるよ」

「やった♪　美味しい夕飯用意して、みんなで待ってるね」

レイジが頷く。

館での生活は相変わらず賑やかで、たまにトラブルも起こるが変わらず居心地が良い。特に最近はみんな、アリサに無理はさせまいと協力をしてくれている。

レイジはアリサのお腹を優しく撫でた。

「無理はしないでくれよ？」

「ふふ、わかってる」

数ヶ月後に新しい家族が誕生する。レイジは今まで以上にアリサと家族と仲間を大切にしようと誓う。

これからも、あの魔法使いの館で物語は続いていくのだから。

fin.

あとがき　望月ＪＥＴ

望月ＪＥＴです。

『メイドinウィッチライフ！～館で始まるHな魅了生活～』いかがでしたか？

個人的には、もう少しあの可愛い３人の魔女を掘り下げて書きたかったのですが、ページ数の都合により断念。

できればサマンサのサイドストーリーも描きたかったですね。ゴルドとニーナの出会い話とかね（そっちか）。

こちらが平成最後のお仕事となるわけですが、振り返ると怒濤のような時代でした。この業界に入ったのも平成ですし、たくさんノベライズを書かせて頂いたのもです。いろいろ鍛えられて（笑）今があるのかなと感慨深いです。

それではまた、新しい年号でお目に掛かりましょう！

平成31年　4月

ぷちぱら文庫

メイドinウィッチライフ！
―館で始まるHな魅了性活―

2019年 6月 14日　初版第 1 刷 発行

■著　　者　望月JET
■イラスト　一葉モカ/鈴音れな/梅鳥うりり/蒼瀬/遊丸
■原　　作　Escu:de

発行人：久保田裕
発行元：株式会社パラダイム
〒166-0011
東京都杉並区梅里2-40-19
ワールドビル202
TEL 03-5306-6921

印 刷 所：中央精版印刷株式会社

PP320